KB161176

올리브색이 없으면 민트색도 괜찮아

꿈꾸는돌
31 올리브색이 없으면 민트색도 괜찮아

구한나리 문구 소설집

2022년 5월 2일 초판 1쇄 발행
2023년 6월 15일 초판 4쇄 발행

펴낸이 한철희 ㅣ 펴낸곳 돌베개 ㅣ 등록 1979년 8월 25일 제406-2003-000018호
주소 (10881) 경기도 파주시 회동길 77-20 (문발동)
전화 (031) 955-5020 ㅣ 팩스 (031) 955-5050
홈페이지 www.dolbegae.co.kr ㅣ 전자우편 book@dolbegae.co.kr
블로그 blog.naver.com/imdol79 ㅣ 트위터 @Dolbegae79 ㅣ 페이스북 /dolbegae

편집 이하나
표지 디자인 김민해 ㅣ 본문 디자인 김민해·이연경
마케팅 심찬식·고운성·김영수·한광재 ㅣ 제작·관리 윤국중·이수민·한누리
인쇄·제본 상지사 P&B

ISBN 979-11-91438-57-4 (44810)
ISBN 978-89-7199-432-0 (세트)

책값은 뒤표지에 있습니다.

올리브색이 없으면 민트색도 괜찮아

구한나리
*
문구
소설집

돌베개

— 모리스 스타플로 3C에 바침.

"미안 미안, 내가 새걸로 사 줄게."

빙글 웃으며 이민영이 정확하게 한가운데가 반으로 갈라진 삼색 볼펜을 내밀었다. 태경은 발끈했다가 입술을 꾹 깨물고 이민영을 노려보았다.

"그럼 똑같은 거로 줘, 색깔도. 올리브색이야."

"야, 너 또 뭘 그렇게까지 해. 민영이가 미안하다잖아."

끼어든 사람은 이민영의 단짝, 부반장 최수영이었다. 그 옆에는 박겸까지. 늘 붙어 다니는 단짝 세 명이 오늘도 세트로 태경 앞에 있었다.

"괜찮아, 사 줄게. 오피스디포에 있지?"

학교에서 버스를 타면 한 정거장 거리. 지하철로 통학하는 애들은 일부러 걸어서 내려가기도 하는 길목 대형 슈퍼 2층의 문구 전문점 오피스디포는 하교 시간이면 신영고 교복을 입은 학생들을 몇 명은 볼 수 있는 곳이었다. 다른 지점과는 달리 신영고 학생들이 원할 법한 물건을 잘 알고 가져다 놓기로 유명했다. 올 3월에는 투명 포스트잇이 들어와서 2학년 사이에 대유행을 했고, 작년에는 보라색 삼선 슬리퍼를 치수별로 들여놓아서 점심시간에 외출증을 끊고 나간 아이들이 친구들에게 부탁받은 것까지 몇 켤레씩 사 오기도 했다. 하지만, 태경은 불퉁한 표정으로 고개를 숙이고는 부러진 볼펜을 필통에 넣었다.

"몰라, 있는지 없는지. 네가 알아봐."

"있겠지 뭐. 거기 사라사 빈티지도 색깔별로 다 있는걸."

이민영이 말했다. 이민영은 사라사파. 필기 속도는 느린데 색 취향이 확실한 애들이 거기 속했다. 사라사 클립, 사라사 멀티. 수성이면서 가는 펜도 멀티 펜도 있어서 필기에 색을 많이 쓰는 애들이 좋아했는데, 특히 사라사 빈티지는 약간 낡은 듯 채도가 낮아 갑자기 인기가 높아졌다. 작년까지는 수성 펜인데도 금방 말라서 교과서 필기가 쉽고 손에도 안 묻는 퀵드라이가 대세였지만 올해 들어서는 학생들 필통에서 거의 보이지 않게 되었다.

최수영이 뭔가 말을 덧붙이려다가 태경을 한번 째려보고는 이민영을 데리고 자기들 자리로 돌아갔다. 태경은 부러진 볼펜을 보곤 짧은 한숨을 내쉬었다. 그러게 왜 남의 볼펜을 막 빌려 가느냐고. 태경은 그저 쉬는 시간에 엎드려 쪽잠을 자고 있었을 뿐이다. 필통이 열려 있었다고 해도 삼색 볼펜을 말없이 꺼내 간 건 이민영이었고, 빌려 간 볼펜을 다 썼으면 곧바로 되돌려 놓으면 될 일인데 그걸 또 다른 사람에게 빌려줬고, 되돌려 준답시고 남의 볼펜을 던졌고, 이민영은 놓쳤고, 바닥에 떨어지는 볼펜을 장난치며 잡으려던 박겸이 중심을 못 잡고 앞으로 엎어지면서 볼펜 연결 부위가 뚝, 부러져 버렸으니 그건 애초에 이민영의 잘못이 맞았다. 선심이라도 쓰듯 제 친구들이 둘러싸고 있는 데서 '새걸로 사 줄게.'라니. 빌려 갔다가 볼펜 심이 휘었거나 다 닳았다면 심만 교체하면 될 일이지만, 삼색 볼펜의 본체를 수리도 못 하게 부러뜨려 놨으면 당연히 똑같은 걸로 돌려주는 게 맞지 않나. 까만 심이 아홉 개, 파란 심 세 개, 빨간 심 세 개가 남았으니까 어떻게든 본체가 있어야 했다.

태경은 필통을 뒤적였다. 이지플루이드 수성 펜 빨, 파, 검 한 자루씩과 줄을 긋고 강조할 때 쓰는 뱀부라이너가 두 자루, 볼펜 심이 세 개 있지만 여분의 볼펜은 없었다. 축이 대나무처럼 생긴 뱀부라이너 형광펜은 위아래 펜촉의 굵기가 달라서 본문을 강조할 때도 밑줄을 그을 때도 편하게 쓸 수 있지만, 글씨를 쓰기엔 좋지 않다. 가는 쪽 굵기가 글씨 쓰기에 나쁘진 않아도 형광색이라 잘 보이지 않는다. 이지플루이드 수성 펜은 뚜껑을 열어 놔도 한 시간 정도는 마르지 않아서 노트에 큰 글씨를 쓰기에 좋다. 그렇지만 잘 안 마르는 게 꼭 좋지만은 않아서, 교과서 위에 쓰면 종이가 매끄러워서인지 덜 마른 상태로 책을 덮거나 만졌다가 글씨가 번지기 일쑤다. 다색 펜이 아니라서 색 바꿀 때마다 다른 펜을 쥐어야 하는 것도 귀찮다. 그래도 지금은 어쩔 수 없다. 이민영도 최수영도 박겸도 태경의 필통에 있는 유일한 유성 볼펜이 못 쓰게 된 줄은 상상도 못 하는 것 같고, 그렇다고 방금까지 얼굴을 붉힌 사이에 볼펜 빌려달라고 할 수도 없다. 게다가 최수영은 제트스트림 파, 마일드라이너 형광펜에 제트스트림 볼샤를 써서 여분 펜은 안 들고 다닌다. 박겸은 우리 반에서 소수파다. 수성 펜 중에도 주스업만 색깔별로 열 자루인가 들고 다녔다. 필기에 일고여덟 색을 쓰는데, 굵으면 글씨가 안 예뻐 보인다고 0.3밀리만 쓴다. 작년까지는 시그노 노크식 수성 펜을 그만큼 들고 다니다가 지하철역 근처 아트박스에서 주스업을 처음 시필해 보고 반해서 그날로 색깔별로 죄다 사서는 싹 바꿨다고 했다.

신영고 학생들은 대개 그렇게 세 부류로 나뉘었다. 제트스트림파, 사라사파, 시그노나 주스업 같은 세필 수성 펜파. 가끔 새로 나온 블렌 삼색 볼펜을 같이 들고 다니는 애도 있었지만 리필 심 구하기가 쉽지 않아서인지 블렌은 잘 빌려주지 않았다. 숫자로는 제트스트림파가 제일 많지만 대부분 볼샤나 삼색 펜 한 자루만 들고 다니니 태경에게 종일 빌려줄 수 있을 리가 없기는 마찬가지였다. 태경은, 그 세 부류 어디에도 속하지 않는, 어쩌면 신영고에 한 명밖에 없을지도 모르는, 모리스파였다.

다음 날, 집에 있던 단색 이지플루이드C 세 자루를 더 챙겨 와 보니 태경의 책상 위에는 하늘색 제트스트림 삼색 볼펜이 놓여 있었다. 이민영을 닮아서 둥글둥글한 글씨가 적힌 별 모양 하늘색 포스트잇이 붙은 채로.

다 찾아봤는데 없어. 올리브색 말고 다른 색도 없더라. 이게 삼색 볼펜 중엔 제일 좋은 거니까 이걸로 갚은 걸로 해 주기. ─ㅇㅁㅇ

첫소리만 쓰면 이모티콘을 닮았다고 이민영은 꼭 이름 대신 첫소리만 써 놓곤 했다. 태경은 과연 이민영이 오피스디포에서 자기 볼펜을 찾기는 했을지 의심스러워졌다. 적어도 이 학교에서는 자신밖에 안 쓰는 삼색 볼펜 이름을 알고 있을 것 같지 않았고, 부러진 볼펜을 가져가지도 않았으면서 모양을 정확하게 기억할 수 있을 것 같지도 않았다.

태경은 신영고의 다수파에게 사랑받는 제트스트림을 좋아하지 않았다. 술술 써지는 필기감이라고 좋아하는 사람이 많은 줄은 알지만 자신에게는 '너무' 미끄러진다는 느낌이었다. 게다가 축이 굵었다. 태경의 모리스 스타플로 삼색 펜은 축이 11.5밀리, 제트스트림은 12.2밀리. 평균 축은 1밀리도 안 되는 차이지만 매끄럽게 내려오는 그립과 고무로 덧댄 그립의 차이는 컸다. 딱 손에 감기는 느낌은 스타플로뿐이었다. 다른 애들이 쓰는 볼샤건 다색 펜이건 하나같이 뭔가 아쉬웠다. 색 바꿔 쓰기가 조금 불편하긴 해도 축이 가늘고 필기감도 적당히 부드러운 이지플루이드C 볼펜이 차라리 나았다. 마침 교실에 이민영이 들어와 태경을 보고 웃었다. 태경은 펜에 붙은 포스트잇을 떼고는 일어나 이민영에게 볼펜을 내밀었다.

"이거."

"왜?"

"안 줘도 돼. 그 펜 아니면 필요 없으니까."

"그것도 괜찮아. 애들 많이들 써. 아줌마가 삼색 볼펜 중엔 제일 좋은 거랬어."

"그러니까 이거 좋아하는 사람이 써. 나는 안 써."

태경은 이민영의 교복 점퍼 주머니에 볼펜을 찔러 넣고는 이민영을 지나쳐서 복도로 나가 곧장 연못으로 갔다. 막 연꽃 줄기가 올라와 있었다. 연잎 근처로 금붕어가 무리 지어 지나가고 구피 한 마리가 금붕어를 피하는 듯 아래로 숨어들어 갔다. 얼핏 라일락 향기가 공기에 실려 왔다. 봄은 질색이지만, 미세 먼지도 황사도 송홧가루도 질색이지만. 연잎이 탄탄하면 구피가 저 무리 지은 금붕어들에게서 무사히 도망쳐서 조금 더 자랄 수 있겠지. 태경은 교실에서 이민영과 최수영, 어쩌면 박겸까지 모여 태경이 별나다고 비웃고 있는 장면을 떠올렸다. 뭐, 이상한 애가 또 이상한 짓 한다고 떠들겠지. 담부터 무서워서 쟤 거 건드리지도 못하겠다고, 볼펜 한 자루 갖고 별스럽게도 군다고 그러겠지. 그리고 어쩌면, 감수성 풍부한 이민영은 '내가 뭐 잘못했나 봐.' 끙끙거릴지도 모르고, 그러면 박 겸은 볼펜을 부러뜨린 자기가 잘못했다고 태경이 아닌 이민영에게 사과를 할지도 모르고.

태경은 핸드폰으로 또독, 엄마에게 메시지를 보냈다.

─삼색 볼펜 망가졌어. 혹시 하나 더 갖다 줄 수 있어?

잠시 후 숫자 1이 사라지고 엄마의 메시지가 돌아왔다.

─똑같은 색? 라임 그린 새로 나왔는데. 뭘로 해? 심은 더 없어도 돼?

태경은 빙긋 웃으며 바로 답했다.

─원래 거, 올리브색. 심은 아직 있어.

─그래, 퇴근할 때 가져갈게.

찐빵을 닮은 이모티콘이 화면에 나타났다. 선물 상자를 치켜올리며 "Get!"이라고 외치는 캐릭터에 웃음이 났다. 엄마는 늘 이 이모티콘을 썼다. 이모티콘이 몇 없어서 꼭 마지막에 하나만 보내는데, 최종적인 감정 표현 같은 거라고 엄마는 주장했다. 그냥 어제 엄마한테 하나 더 가지고 와 달라고 할걸. 그럼 오늘도 펜 바꿔 가며 필기하지 않아도 됐을 텐데. 뭐 하러 새로 사 준다는 말에 발끈해선 똑같은 거 사 내라고 했는지. 이민영이 똑같은 펜을 찾을 수 없으리라는 마음과 어쩌면 제대로 가져올지도 모른다는 마음이 함께 드는 이유를, 태경도 이해할 수가 없었다.

교실로 돌아가니 이민영 얼굴이 벌겠다. 최수영과 박겸이 태경을 힐끗 쳐다보곤 얼굴을 찌푸렸지만 아무 말도 하지 않았다. 담임이 올 시간이 다 되어 가니 괜히 꼬투리 잡히기 싫을 테지. 태경이 수거 가방에 핸드폰을 넣고 자리에 앉자 담임이 뒷문 쪽에서 들어왔다. 다른 학교는 이제 폰 수거 같은 거 안 한다는데. 교복은 야구 점퍼에 후드 티로 바꾸어서 학생답지 못하다고 온 동네 민원을 다 받는 학교가 폰 수거는 여전히 시대에 뒤떨어졌다. 폰 수거는 하든 말든 민원도 안 들어온다. 신영고는 이 지역에서 제일 파격적으로 편한 교복을 입는 동시에 이 지역에서 마지막 남은 폰을 걷는 고등학교다.

삼색 볼펜 나오기 전에는 어떻게 살았지. 태경은 하루 종일 몇 번이나 속으로 중얼거렸다. 진작 엄마한테 말할걸. 몇 번은 이렇게 속으로 중얼거렸다. 기분 탓인지 평소에는 잘 어울려 보이던 뱀부라이너도 볼펜 색과 안 어울려 보였다. 노트에는 늘 그렇게 써 왔는데 교과서 종이라고 이렇게까지 느낌이 달라질 일인가 싶었지만. 선생님 말이 빨라서 항상 집중해야 하는 동아시아사 시간에는 포스트잇에다가 추가 필기를 하고도 중요한 부분에 인덱스 테이프까지 붙이느라 정신이 하나도 없었다. 한국사가 훨씬 편하다. 선생님 발음 때문에 '갱필'인지 '굉필'인지 '경필'인지 헷갈릴 때만 빼면 들리는 대로 쓰면 되는데, 이웃 나라 이름들은 왜들 이리 헷갈리는지. 중국도 베트남도 일본도 그 나라 사람인 줄은 알겠는데 죄다 서로 무슨 관계가 있는지 비슷비슷하게 들리는 이름이 너무 많았다.

"화 풀어, 태경."

수업이 끝나고 가방을 챙기는데 이민영이 태경 앞에 와서 말했다.

"화 안 났는데."

"화났지. 똑같은 거 준대 놓고 안 사 와서."

태경은 짧게 한숨을 내쉬었다. 이민영이 움찔하더니 또 얼굴이 벌게졌다. 어제까지 그렇게 싱글싱글 웃으며 자신만만하던 애가 갑자기 왜 이럴까.

"화 안 났다고. 말했잖아."

꼭 자신이 잘못한 것 같아서 태경은 기분이 좋지 않았다.

"필기하면서 계속 탁탁, 책상에 펜 세게 내려놓고. 자꾸 한숨 쉬고."

태경의 자리는 4분단 앞에서 두 번째, 이민영의 자리는 2분단 뒤에서 두 번째. 칠판 보느라 보이는 각도는 아니었다.

"볼펜 색 바꿔서 써야 하니까 그렇지. 동아시아사 필기 많아서 정신없는 거 몰라? 소리가 뭐 그렇게 세게 났다고……. 너는 필기 안 하고 내 쪽만 봤냐?"

"넌 또 말을 왜 그렇게 해? 민영이 사과를 네가 안 받아 주니까 그러잖아."

박겸의 말에 울컥, 화가 올라왔다. 이야기를 하려면 혼자 오든지, 매번 셋이 나란히 와서 뭐 하는 거야. 태경은 목소리가 곱게 나오지 않았다.

"사과를 하긴 했어?"

"야, 어제부터 사과했잖아. 그 올리브색인지 다 시든 풀 색인지 볼펜 찾느라 민영이가 가게 몇 군데를 갔는지 알아? 그래도 없어서 제일 비싼 펜 사 와서 사과하는데, 안 받는다고 그러는 게 그럼 정상이야?"

박겸의 목소리가 높아졌다. 태경은 얼굴을 찌푸리고 이민영을 보았다. 가게를 몇 군데 뒤졌다는 얘기는 지금 처음 들었고, 똑같은 거 아니니까 필요 없다는 말이 정상이 아닐 건 또 뭔가. 태경이 없는 사이에 무슨 말들이 오갔는지 모르겠지만 연못가에서 떠올린 것보다 나쁘면 나빴지 좋지는 않은 게 확실했다.

"내가 비싼 펜 달랬어? 새걸로 물어낸다는 게 누군데? 받을 사람이 싫다는데, 난 그 펜 안 쓴다고."

"야야, 민영아, 됐어. 상대하지 마. 사람이 사과하는데 말을 저딴 식으로 하네. 야, 솔직히 뭐 망가진 게 태블릿이냐, 무선 이어폰이냐? 그런 비싼 거 망가뜨렸으면 말도 안 해. 볼펜 하나, 쓰다가도 지겨워서 그냥 안 쓸 수도 있는 걸 망가졌다고 생색이야. 오피스디포에도 없고 아트박스에도 모닝글로리에도 없는 걸, 무슨 수로 사 와?"

"아, 그러니까 내가 사 달랬냐고!"

태경이 버럭 소리 질렀다. 쉬는 시간에 자고 일어났더니 펜을 못 쓰게 된 사람은 난데, 이틀 동안 필기 때문에 스트레스 받은 사람도 난데. 내가 가게 여러 곳 뒤지고 다니라고 한 것도 아니고, 아니 애초에 펜 내놓으라고 한 것도 내가 아닌데 왜 나쁜 사람으로 만드는 걸까.

"사과? '미안 미안.' 그게 사과야? 그럼 나도 사과할게. 미안 미안, 너네가 그렇게 여러 곳 다녔는지 몰랐네. 됐지?"

"야, 태경……!"

"됐어, 박겸. 괜찮아. 태경 너도 사과할 필요 없어. 펜 새거 내가 잘 쓸게. 학원 늦겠다. 잘 가."

이민영의 말에 태경은 또 욱하는 마음을 누르고 교실을 나섰다. 다들 자기들처럼 매일매일 학원에 가는 줄 안다. 태경은 학원에 안 다니지만 굳이 말할 필요도 없다고 생각했기 때문에 애들은 태경이 보통 아이들과 다른 특이한 학원을 다닌다고 믿고 있는 것 같았다. 태경은 상고를 나와서 혼자 힘으로 대학을 다닌 엄마처럼, 자기 이름까지도 스스로 지은 엄마처럼, 제힘으로 대학에 갈 생각이었다. 태경이 가려는 과는 산업공학과였다. 어릴 땐 바다에 커다란 다리가 생겨나는 것을 보고 반해서 토목공학과에 가려고 했지만, 대학교 홈페이지며 진학 자료를 읽다 보니 산업공학과 졸업생들의 진로가 태경에겐 더 멋지게 보였다. 성적은 아직 좀 더 올려야 하지만, 아주 먼 꿈은 아니라고 생각하고 있었다. 산업공학과를 나와서 자기가 속한 회사를 조금 더 효율적으로, 조금 더 능률적으로, 더 멋진 곳으로 만들 수 있으면 좋겠다. 그 회사가 모리스라면, 태경의 엄마는 정말 기뻐할 것 같았다.

"라임 그린도 되게 이쁘게 나왔는데."

태경은 엄마가 가방에서 꺼내는 올리브색 삼색 볼펜을 냉큼 받았다.

"베이비 핑크, 크림 옐로, 라임 그린, 퓨어 화이트. 다 예쁘게 나왔어. 넷 다 반응이 고루고루 좋아."

"나는 이 색이 좋아."

"그래, 취향을 존중해 드리지요."

스타플로 3C, 삼색 볼펜은 원래 올리브 그린, 메이플 오렌지, 라즈베리 레드, 다크 바이올렛, 로열 블루, 제트 블랙 여섯 가지 색으로 나왔다. 올리브색은 여섯 가지 중에 가장 판매량이 낮았다. 반짝거려서 고급스러워 보인다는 제트 블랙과, 다른 회사 핑크색과 확연히 다른 톤인 라즈베리 레드가 거의 비슷하게 인기 있다. 올리브로 납품한 걸 다른 색으로 교환해 달라고 하기도 했다. 여섯 가지 색으로 내는 게 아니었다고 중얼거리는 엄마의 혼잣말을 들었을 때, 태경은 그날로 올리브색을 제일 좋아하는 사람이 되기로 결심했다. 엄마의 결정은 하나라도 잘못된 게 아니길 바라는 마음으로, 엄마의 회사인 모리스가 만든 건 뭐든 누군가가 사랑하는 물건이 될 수 있도록.

모리스는 태경이 어렸을 때, 잉크가 마르지 않는 형광펜 기술로 일본 문구 업체에 납품하기도 했을 만큼 노크식 펜 '저스트클릭' 제작 기술이 탁월한 회사다. 태경의 엄마는 오랫동안 근무했던 카드 회사가 문을 닫고 나서 태경을 키우기 위해 사무용품 대리점에서 아르바이트를 했는데, 거기서 모리스의 노크식 형광펜을 보고 그 회사에 입사했다. 엄마는 완전히 새로운 일을 배워야 했지만 누구보다 열심히 적응했다. 상고를 다닐 때부터 마음에 드는 펜은 여분을 꼭 사 둘 만큼 필기구를 좋아했던 사람이어서 새로운 일이 그렇게 즐거울 수가 없다고 했다. 1,000원에 팔리는 엄마 회사의 펜이 포장만 달리해 일본 브랜드를 달고 나오면 1,800원에 팔리는 걸 보고 태경은 일부러 모리스 형광펜을 색깔별로 들고 다녔다. 태경은 엄마가 가지고 오는 모리스 펜들을 좋아했고, 아이들이 다른 펜을 왜 좋아하는지 이야기하면 엄마를 위해서 놓치지 않고 듣고 있다가 엄마에게 옮겼다. 엄마가 다니는 회사의 물건들이 마트나 대형 문구점에 더 많이 납품되면 좋겠다고 생각했다. 굿 디자인상까지 받은 뱀부 펜보다 마일드라이너가, 선명하고 부드럽게 써지는 수성 펜 이지플루이드보다 시그노가, 가볍고 무게중심노 석절해 가성비가 최고인 아티카 제도 샤프보다 펜텔 그래프 1000이 아이들 필통에 더 많이 자리 잡았지만, 태경의 필통에는 늘 모리스가 있었다. 엄마의 펜이 있었다.

저녁을 함께 만들면서 태경은 엄마와 필기구 이야기를 계속했다.

"요새 애들이 블렌을 많이 써."

"아, 그거, 이격 없는 멀티 펜. 그래, 그거 잘 만들었더라. 단색 노크식 볼펜보다 이격이 적은 것 같던데."

제브라의 유성 볼펜 블렌. 수성 펜 사라사는 애들 사이에 인기가 많은 편이었지만 유성 볼펜은 그만큼 인기는 없었다. 태경이 초등학교에 들어가기 전에는 제브라 멀티 펜이 다양하게 고루 인기 있었다고 하는데, 제트스트림 열풍 뒤로는 별로 보이지 않았다.

"모리스도 그런 펜 나오면 좋겠다."

태경이 이렇게 말하는 건 그만큼 마음에 드는 펜이라는 뜻이었다. 엄마는 야채를 채 썰다 말을 받았다.

"제품 개발하는 데 시간도 돈도 많이 들어. 단가도 생각해야 하고. 심 잘 안 부러지는 샤프 개발한 곳이 제브라 말고도 많은데, 제브라 델가드가 제일 히트했잖아? 난 플래티넘 오레누가 훨씬 안정적이라고 생각하는데. 그러니까 0.2밀리 샤프도 만들 수 있는 거고."

"델가드가 제브라 거라서 그래? 회사 이름값 덕분에?"

"뭐 그렇기도 하고, 플래티넘은 만년필로 유명한 회사지만 샤프로는 세트 제품 말고는 그렇게 잘 알려지지 않았으니까. 일본에서는 초기 광고 힘도 있었고. 델가드와 오레누, 상표 이름의 느낌도 있겠지. 소비자 선호도는 짐작하기 쉽지 않으니까."

하긴 펜에 이름값이 그렇게 중요한 문제라면 벌써 블렌이 애들 필통마다 하나씩 다 들어가 있을 터였다. 태경은 많은 애들이 자기가 좋아하는 펜이 어느 회사 제품인지는 잘 모른다는 사실을 떠올렸다. 엄마는 '절대 심이 부러지지 않습니다.'라는 설명이 붙어 있는 델가드 샤프가 막 우리나라에 들어오기 시작했을 때 그 바로 옆에 진열되어 있던 오레누를 같이 사 와서는 몇 페이지를 쓰고 또 썼다. 하지만 엄마의 단언과는 달리, 펜텔 샤프가 대부분인 요즘 애들 필통에서 델가드는 간간이 보여도 오레누는 영 보이지 않았다.

"지워지는 펜도 여러 곳에서 개발했는데 결국은 파이롯트 프릭션이 제일 잘 팔렸지. 아예 프릭션이라고 부르는 사람도 많잖아."

"그건 모리스에서 못 만들어?"

"만들 수 있는데 안 만드는 거에 가깝지. 프릭션이 너무 떠서. 다른 회사들 판매량이 한참 저조하거든."

엄마와 이런 이야기를 수십 번은 주고받았지만, 태경은 엄마와 필기구 이야기를 할 때가 좋았다. 경이 엄마가 아니라 사회인 태양의 목소리를 느낄 수 있어서. 태경의 엄마는 10년 전에 '태옥'에서 '태양'으로 개명했다. 태경은 지금 이름이 엄마에게 훨씬 더 어울린다고 생각했다.

"그런데 어쩌다 펜이 고장 났어? 내구성 나쁘다는 이야기는 없었는데? 리필 심 빨리 내 달라는 문의는 많았어도."

엄마의 물음에 태경은 이민영과의 일을 털어놓았다. 엄마는 곰곰이 듣다가 심각한 얼굴로 태경을 보았다.

"고생했겠네, 걔. 너네 학교 동네에 우리 회사 볼펜 취급하는 데가 없을 텐데."

"제가 새 거 사 준다고 장담하니까 그럼 똑같은 펜으로 갖고 오라 그런 거지, 내가 없을 줄 알았나······."

"애가 사과를 잘 못하는구나."

"'미안 미안.'이 사과야? 사과도 아니지······."

떳떳할 참인데 태경의 목소리에 자꾸 힘이 빠졌다.

"그러게, 사과는 그렇게 하는 게 아닌데. 애가 사과할 일이 별로 없었나? 그래도 걔, 박겸? 결국 펜 부러뜨린 사람은 그 앤데 자기가 물어 주겠다고 나선 거 보니까 나쁜 애는 아닌가 본데."

태경은 엄마의 표정을 보고 깨달았다. 엄마가 사회인 태양에서 경이 엄마로 돌아왔다는 걸.

"자기가 펜 빌려 가서 그렇게 됐다고 책임지려고 한 거니까. 무거운 분위기 안 만들려고 가볍게 말했을지도 모르겠네."

"그래도 내가 잘못한 건 아니야."

엄마는 태경에게 빙긋 웃어 보이며 웍에서 가지 파프리카 굴 소스 볶음을 접시로 옮겨 담아 식탁 위에 놓았다.

"맞다. 저녁 먹고 신상품 보여 줄게. 아까 같이 꺼낼걸 잘못했네. 일찍 챙겨 놨는데 네가 삼색 볼펜 가져오라고 해서 먼저 챙긴 걸 까먹었어. 더블 형광펜이야. 노크식인데 펜 하나에 두 가지 심이 들어 있어서 양면으로 다른 색을 쓸 수 있어."

"그럼 축이 너무 굵어지지 않아?"

"음, 단색 형광펜보다는 조금 굵어. 다이소에 납품하는 노크식 형광펜 있지, 살짝 굵게 나온 거. 그 정도인데, 좀 더 가늘면 좋겠어?"

"난 가는 게 좋은데."

"좋은 의견 감사합니다."

엄마가 웃었다. 태경도 살며시 웃으며 밥과 국그릇을 식탁 위에 놓았다.

다음 날 태경은 엄마가 가져온 더블 형광펜에 스타플로 삼색 볼펜까지 필통에 넣고 기분 좋게 학교로 향했다. 오늘은 그 세 사람이 뭐라고 해도 상관하지 않겠다고, 교문을 지나면 보이는 교표를 바라보며 기도하듯이 결심했다. 삼색 볼펜이 있으니 펜을 일부러 탁탁 놓았다느니 하는 말은 못 하겠지. 연못의 구피가 연잎 밑에서 버티듯이, 아무리 그쪽 무리가 다수라고 해도 태경은 혼자서도 괜찮다고 생각했다. 올리브색을 좋아하는 사람이 적으면 어떤가, 내가 좋아하는데. 다들 태경보고 별나다고 한들, 자신에겐 아무 타격도 없다.

다행히 이민영도 박겸도 최수영도 말을 걸지 않았다. 태경은 편하게 동아시아사 수업 필기를 마쳤고, 깜짝 퀴즈도 나쁘지 않게 친 후 가뿐하게 일어났다. 이민영이 태경을 따라 교실을 나왔다.

"펜 이름, 가르쳐 줘."

"뭐?"

"오늘 새로 갖고 온 펜. 이 동네 가게에 아무 데도 없던데. 그거, 이름 가르쳐 달라고."

어쩐 일인지 박겸도 최수영도 따라오지 않았다.

"……안 사 줘도 된다니까. 우리 어제 이야기 끝난 거 아니야?"

"써 보니까 좋아서 그런다, 왜? 나도 사게 가르쳐 달라고."

태경은 또 얼굴이 벌게진 이민영을 보고 생각했다. 이민영은 왜 그때 굳이 제 자리로 와서 펜을 빌렸을까. 이민영은 사라사파, 유성 볼펜은 아예 안 쓴다. 태경의 주변은 거의 제트스트림파라서 이민영이 잠깐만 빌려 달라고 하면 누구든 쉽게 빌려 줬을 텐데.

"뭘 얼마나 써 봤다고 좋다고……."

"같은 거 쓰고 싶다고!"

이민영의 얼굴이 더 이상 붉어질 수 없을 정도로 붉어졌다. 꾹 다문 입술이 파들파들 떨렸다. 금방이라도 손을 들어서 한 대 칠 것 같은 얼굴이었는데, 그러기엔 손끝이 교복 점퍼를 너무 꽉 쥐고 있어서 누가 보면 오해하기 딱 좋은 모습이었다.

"……모리스 스타플로."

"모리스, 네가 쓰는 대나무 모양 수성 펜 회사?"

이민영이 말했다.

"그래, 뱀부 펜 만드는 그 회사, 스타플로. s, t, a, r, f, l, o. 스타플로. 됐어?"

이민영이 끄덕였다. 태경은 고개를 절레절레 저으며 가방을 고쳐 멨다. 이 동네에는 그거 없어,라고 말해 주려다가 그냥 계단을 내려와 학교 밖으로 나섰다. 세 군데 뒤져서 없는 줄 알았으니 그다음은 제가 알아서 하라지. 태경은 속으로 중얼거리며 집으로 왔다.

이민영이 다시 태경의 자리 앞에 선 건 사흘 뒤, 금요일 아침이었다. 태경이 교실에 들어오자마자 또 얼굴이 벌게진 이민영이 불쑥, 펜을 내밀었다. 모리스 스타플로였다. 태경의 엄마가 말했던 라임 그린색.

"……제일 빨리 오는 데서 샀는데 거긴 올리브색이 없어서. 이게 그래도 제일 비슷했어. 내 거만 사려고 했는데 배송료가 펜값만큼 붙어서 리필 심도 사고, 대나무 펜, 뱀부 펜도 색깔대로 사고 그 김에. 내가, 같은 걸로 돌려 주겠다고 먼저 말했으니까……."

"……그래서?"

태경은 이민영이 인터넷에서 s, t, a, r, f, l, o를 치고 올리브색을 찾고 있었을 모습을 상상했다. 학원도 늦게 마친다면서.

2학년인데 벌써 수능 학원에 논술 학원까지 다니느라 저녁을 제대로 앉아서 먹을 날이 별로 없다고 애들끼리 이야기하는 것을 들은 적이 있었다. 그러고 보니 이민영은 그날 학원을 어떻게 했을까. 올리브색 삼색 볼펜을 찾으러 가게를 세 군데 돌았던 그날은 아무리 서둘렀어도 학원에 늦었을 텐데. 엄마 아빠가 대학 동창이라 꼭 같은 대학에 가야 한다고 힘없이 말하던 이민영이, 용케도 학원에 늦어 가면서 가게를 몇 군데나 돌았겠구나. 태경은 이민영이 이따금 자신에게 건넸던 말들을 떠올렸다. 그거 처음 본다, 형광펜이야? 신기하게 생겼네. 그 샤프 색 예쁘다. 어디서 샀어? 투명한 포스트잇 써 볼래? 인덱스 테이프 예쁜 거 있는데 줄까? 노트 정리 예쁘다, 빌려줄 수 있어? 그때마다 태경은 대수롭잖게 짧게 답했다. 엄마가 가져왔어. 아니, 필요 없어. 아니, 나 노트는 남한테 안 빌려줘. 이민영은 지치지도 않는지 계속 말을 걸었다. 그리고 태경은 중학생 때부터 친구들 사이에서 반짝반짝 빛나는 스타였던 이민영이 자꾸만 말을 거는 게 부담스러워서, 쉬는 시간이면 그냥 엎드렸다. 제발 말 걸지 마라, 제발 내 얼굴 보지 마라. 그러다 언제부턴가는 정말로 잠이 들었다. 종 치면 잠들었다가 종 치면 깬다는 말을 전해 들은 담임은 쉬는 시간을 활용할 방법을 고민해 보라고 말했다. 사람 맘도 모르고.

"말 안 하고 빌려 가서 미안해. 네가 애들이랑 다른 펜 쓰니까 궁금해서 그랬어. 써도 되냐고 물어보면 화낼 거 같아서 딱

한 번만 써 보려고 했는데 애들이 자꾸 놀려서. 아니, 미안해. 네가…… 펜 좋아하는 거 아는데 손대서, 미안해.”

태경은 떨리는 손으로 라임 그린색 스타플로를 내밀고 있는 이민영을 보았다. 엄마, 얘 사과 잘 못하는 애 아닌 것 같아. 태경은 말없이 생각하며 피식 웃었다.

“민트색은 싫어?”

라임 그린색이야. 이 말을 속으로 삼키고 태경은 볼펜을 받아들었다. 이민영이 쥐고 있던 부분이 따뜻했다. 태경은 한껏 벌게진 이민영의 얼굴을 보고, 웃으며 답했다.

“올리브색이 없으면 민트색도 괜찮아.”

이민영이 따라 웃었다. 태경은 필통을 열어 더블 형광펜 두 자루를 꺼냈다.

“이 형광펜, 한 자루에 두 색 나오는 건데, 써 볼래?”

학교에서는 생각보다 많은 것을 배운다. 졸업하고 시간이 흐르면 그중에 자신이 싫어했던 것, 그럼에도 해야만 했던 것은 유난히 기억에 남지만 전혀 애정을 쏟지 않았고 관심도 없었던 것들은 때로 배웠다는 사실조차 잊어버린다. 시험에 나오지 않았거나 애초에 시험 범위가 아니었다면 말할 것도 없다. 물론 매우 좋아했던 것도 기억에 남는다. 싫었던 경험이 훨씬 강렬해서 그 기쁜 순간이 찰나처럼 기억될 뿐이다.

수민은 한 달간 바느질로 뭔가를 만들어야 한다는 것을 듣는 순간, 아니 중학교에선 뭘 이렇게 많이 배워야 하느냐고 속으로 구시렁거릴 수밖에 없었다. 요즘 누가 손바느질을 한단 말인가. 핫트랙스, 1300K 같은 수많은 팬시점에 원하는 물건이 넘쳐 나고 취향이 남달라 아이디어스 같은 온라인 몰에서 주문한다고 해도 일주일이면 손에 넣는 시대에 도안을 제출하고, 첨삭받고, 도안에 따라서 물건을 만들라니. A, B, C 3단계 절대 평가에다 노력을 높이 반영할 테니 최선을 다하면 된다는 말도, 어릴 때부터 무엇이든 만들기만 하면 놀림을 피할 수 없었던 수민에게는 끔찍할 뿐이었다. 정 안되면 엄마에게 부탁할까 잠시 생각했지만 엄마라고 손바느질을 할 수 있을지 확신이 없었다. 떨어진 단추를 단 적은 있지만 지퍼가 망가지자 수선집에 맡겼던 걸 보면 엄마나 아빠도 손바느질에 있어서는 믿음이 가질 않았다.

수민은 며칠 동안 인터넷에서 핸드메이드 제품을 검색했다. 얼른 보기에도 수민이 만들 수 있을 법한 물건은 눈에 띄지 않았다. 도안을 제출하고 게다가 수정안까지 내야 한다고 했는데. 그러다가 열려 있는 엄마 가방 속 새빨간 화장품 파우치가 눈에 들어왔다. 저거라면 천으로 만들 수 있지 않을까. 지퍼만 달면 되겠네. 수민은 파우치를 검색했다. 좀 더 만들기 쉬워 보였다. 이것저것 넣으려면 10센티 정도면 되겠지. 수민은 끄적끄적 대략의 치수를 적었다.

다음 날 3교시, 기술가정 수업 시간을 앞두고 웬일로 소이가 신나서 말을 늘어놓았다.

"예전엔 재봉틀로 옷 만들었대. 1학년 때 치마, 2학년 때 블라우스."

소이의 어머니는 이 학교를 졸업했다. 귀밑 몇 센티라는 규정이 있던 여자 중학교 시절이었다. 치마가 무릎을 덮었다는 당시 교복 사진을 소이가 보여 준 적도 있다.

"자기 치수로 만들어서 입고 패션쇼 했다던데."

소이가 덧붙인 말에 태영이 웩, 하고 토하는 시늉을 했다.

"재봉틀 쓸 사람이나 배우면 되지, 요즘 세상에."

태영은 외고나 자사고를 거쳐 서울대에 갈 거라고 어릴 때부터 말하고 다녔다. 같은 초등학교를 나온 아이들은 태영과 한 반이 된 애들에게 위로의 눈빛을 건넸다. 덩치가 큰 데다 운동을 해서 초등학생 때도 중학생 고등학생 들과 시합해서 이긴 적이 있다고 했다. 기분이 나쁘면 잽을 날리는 시늉을 하면서 얼굴 바로 앞까지 주먹을 들이대곤 했는데, 얼마나 빠른지 바람 소리가 날 정도였다. 덩치만큼 큰 목소리로 화를 내면 주위가 쩌렁쩌렁 울렸다. 선생님들에게는 늘 싱글싱글 웃고, 지적받을 때마다 건성으로 사과하곤 했다.

"90년대였으니까."

"우아, 20세기. 답 없어."

문이 열리자 와자하게 떠들던 아이들의 목소리가 잦아들고 기술가정 담당 이수현이 교실로 들어섰다.

"자아, 어제 자정까지 제출한 도안 잘 받았어요. 늦게 낸 사람들 있던데, 새벽 3시까지 메일 쓰고 있으면 어떻게 하니. 오늘 수업 제대로 듣겠어? 다음부터는 제대로 맞춰서 내고 잠도 자고 그럽시다."

일주일에 세 번은 철릭 치마에 저고리를 입고 출근하는 기술가정 교사 이수현은 기한을 지키지 않은 학생의 수면을 걱정하는 그런 사람이었다. 과제는 원래 10시까지 제출이었는데 학원 수업을 10시에 마치는 학생들이 그 시간까지 내지 못한다고 해서 자정으로 바꾸었다. 적어도 하루에 일곱 시간은 자야 되지 않겠냐는 말에 학생들은 그냥 웃었다. 일곱 시간을 자는 학생들도 있긴 했다. 하지만 수민을 포함한 대부분 아이들에게 자정은 그제야 뭔가를 해 볼 만한 시간이었다. 아이돌 신곡 스밍을 돌리든, 해외 축구 경기를 시청하든, 게임을 하든, 혹은 좋아하는 개인 방송을 틀어놓고 멍하니 있든. 학원을 마치고 과제를 끝내고 나면 자정인데 아무것도 '하지' 않고 자기에는 너무 아까웠다.

"자, 그럼 3반은 스물다섯 명 전원이 제출했으니까 각자의 도안을 먼저 살펴봅시다."

"으악, 샘 그런 말 안 하셨잖아요."

"나 완전 엉망으로 그렸는데."

"오늘 도안은 아마 대부분 수정해야 할 테니까 다른 사람들이 낸 것들 보고, 친구들 생각 참고해서 반영하면 좋겠지요? 번호 순서대로 아니고 랜덤으로 섞었으니까 누구 건지는 말 안 할게요. 모두 의견을 잘 들어 보도록 합시다."

교실 앞 화이트보드에 비친 컴퓨터 화면에 누군가의 도안이 떴다. 얼핏 보면 돌멩이같이 생긴 조그만 주머니였다. 가로

6센티, 세로 5센티. 치수에 다들 놀랐다. 가운데보다 조금 위쪽에 달린 지퍼로 반쯤 열리는 모양이었다.

"되게 작다."

"아, 이거 에어팟 케이스 넣는 거구나!"

누군가가 말했다. 이수현은 빙긋 웃었다.

"에어팟 쓰는 사람 거네. 배소이 아니야?"

"아냐, 나 파우치 있어. 샘 저 아니잖아요, 그죠."

"누구 건지 추측 금지. 그럼 이름을 가리는 이유가 없잖아요. 밝히고 싶은 사람은 말해도 되는데, 다른 사람은 먼저 묻지 않기로 합시다. 자, 추측한 대로 이건 에어팟 케이스 파우치라고 적혀 있어요. 지퍼를 단 건 뚜껑을 열어야 해서죠. 늘 들고 다니는 물건이니까 소중히 여긴다는 느낌이 들어서 좋네요. 다만 작은 크기에 맞춰서 바느질하기가 조금 어려울 수도 있겠어요."

"유선 충전도 되게 아래에 구멍이 하나 있으면 좋겠어요."

"구멍 바느질이 어려울 것 같기도 해요."

바느질 과제가 귀찮다고 투덜거리던 학생들까지 진지하게 도안에 대해서 의견을 냈다. 이수현은 모든 의견을 다 듣고는 자기 생각을 덧붙였다. 스물다섯 명의 아이디어는 다양했다. 지퍼형 파우치도 있고 조리개식도 있었다. 지갑 종류는 동전 지갑과 교통 카드 지갑, 아크릴을 댄 학생증 지갑으로 나뉘었다. 필통도 여럿 나왔다. 어깨에 둘러서 고정시킬 수 있는 끈을

단 무릎 담요는 너무 커서 시간은 오래 걸릴 것 같지만 자기도 만들어 보고 싶다는 반응을 받았다. 앞치마를 낸 태영은 요리 할 때마다 옷을 버리는 엄마에게 선물할 거라고 말해서 다들 웃었다. 마스크 보관 파우치 도안은 올라오자마자 모두 미세 먼지에 민감한 영호를 쳐다봐서 말수 적은 영호의 얼굴이 벌 게지기도 했다.

수민의 파우치는 스물네 번째에 나왔다. 납작하고 위쪽에 지퍼가 달린 모양이었는데, 비슷한 디자인이 벌써 두 번이나 나온 뒤라 아이들이 무슨 소리를 할지 예상되었다. 수민은 도 안이 올라오자마자 바로 말했다.

"샘, 저 다른 걸로 바꾸려고 하는데요."

"수민이도 자기 거라고 바로 밝히네. 좋아요. 납작한 파우치 는 불편할 수도 있다고 앞에서 벌써 말했으니까 다시 얘기하 지 않아도 될 것 같고. 어떤 걸로 바꾸고 싶을까?"

"저 필통 할래요."

"필통도 여러 개 나왔는데?"

"안 겹치는 모양으로 만들게요. 다른 애들처럼 한 주 더 고 민해서요."

"오케이 좋아요. 그럼 이번이 마지막이네요. 봅시다."

스물다섯 번째 도안이 뜨자 잠시 모두 말문이 막혔다. 얼른 봤을 때 물건의 용도가 확실하지 않아서였다. 길쭉하고 납작 한데 뚜껑이 달린 주머니처럼 보였다. 가운데 솜을 넣어 도톰

한 천을 맞붙여서 만든다고 했다. 솜이 위아래에 이중으로 들어가는 셈이었다. 세로로 긴 칸막이가 바느질되어 있고 아래에 달린 끈으로 위쪽 뚜껑의 커다란 단추를 여밀 수 있었다.

"만년필 필통,이라고 하네요."

이수현이 말했다.

"만들기 되게 어렵겠어요."

"솜 넣어서 만들어도 돼요?"

"만년필을 누가 쓰지?"

몇 명이 웅성거렸다. 이수현은 교탁을 톡톡 두드리고는 말을 이었다.

"만년필 세 자루를 들고 다니는 가족에게 딱 맞는 필통을 만들어 주고 싶다고 해요. 지퍼나 똑딱단추를 쓰면 금속 때문에 만년필이 긁힐 수 있다고 하네요. 그렇구나. 모두 말한 대로 손이 많이 가는 디자인이지만 완성되면 아주 멋질 것 같아요. 뒷면에 고무줄을 길게 넣은 아이디어도 좋네요. 책에 끼워서 쓸 수 있게."

"이거 자기가 한 거 맞아요?"

태영이 퉁명스럽게 말했다. 나올 수 있는 말이었다. 중학교 2학년 교실에서 볼 수 있을 법한 도안은 아니었다. 하지만, 성적에 겨우 10퍼센트만 반영되는 수행 평가를 위해서 도안까지 다른 사람의 힘을 빌릴 필요가 있을까. 어차피 그 도안으로 완성품을 만들어야 하는 것은 자신일 텐데. 누가 그런 바보 같은 일을 하느냐며 웅성거리던 학생들은 과학고나 외고 가려고 내신에 목숨 건 애 아니냐고 투덜거렸다. 중간고사 기말고사에서 한 문제만 더 맞으면 뒤집힐 점수 차이를 위해서.

"음, 샘은 스스로 했다고 생각하지만, 만약 본인이 한 게 아니라면 만드는 동안에 바로 밝혀지지 않을까요. 복잡한 만큼 조금만 실수해도 결과물이 잘 나오지 않을 테니까. 그래도 샘은, 이 도안이 완성된 걸 보고 싶네요."

이수현이 말했다. 모두들 뭔가 덧붙이려다가 말았다. 교실 맨 앞줄에 앉은 수민은 이수현의 말을 듣는 내내 짝지지만 서로 말을 나눠 본 적이 거의 없는 바로 옆자리의 정현을 보고 있었다. 정현은 매번 도안이 나올 때마다 실망하는 표정을 지었다. 기대감이 계속 무너지다가 마지막 이 도안이 올라왔을 때 정현의 눈이 반짝, 빛났다. 예의상으로도 공부를 잘한다고 할 수 없는, 모든 것이 보통인 아이가 정현이었다. 체육 시간에도 꼴찌는 아니지만 눈에 띄지 않았고, 수학과 국어를 제외한 모든 과목이 평균 근처인 아이. 국어만은 유난히 매번 1등을 해서 태영의 화를 돋우는 아이. 수학은 끝에서 5등 언저리인 정현이 국어 성적은 자신보다 잘 나온다는 걸 태영은 못 견뎌 했다. 수민은 반대로 수학은 1등을 놓친 적이 없지만 국어는 늘 뒤처지는 자신을 바라보는 태영의 의기양양한 표정을 몇 번이나 겪었기 때문에 태영을 화나게 하는 정현에게 호감이 갔다. 정작 짝이 된 뒤에는 별로 말을 나눠 보지 못했지만.

수업이 끝나고 주섬주섬 책을 정리하는 정현에게 수민이 목소리를 낮춰 말을 걸었다.

"허정현, 아까 그거 네 거지?"

"어, 어? 어…… 어."

수민이 얼굴이 붉어지는 정현에게 말을 이었다.

"너 바느질 잘해?"

"어…… 어."

'어'만으로 말을 할 수 있구나. 수민은 조금 더 목소리를 낮추고 아이들 시선을 피해 말했다.

"나 좀 가르쳐 주면 안 돼? 필통 만들려고 하는데 나는 바느질 잘 못 해, 응? 다른 애들이 안 하면서 너무 복잡하지 않은 걸로."

"원통만 아니면 별로 안 어려워. ……이런 것도 있고."

정현이 책상 서랍 안에 있던 길쭉한 필통을 꺼내서 내밀었다. 형광펜만 모아서 넣고 다니는 필통이었는데 이제야 수민의 눈에 들어왔다. 삼각기둥 모양이었다. 길쭉한 모서리 한 면에 지퍼가 달려 있었다. 정현은 펜을 다 빼내고는 뒤집어서 안쪽을 수민에게 보여 주었다.

"이것도 손으로 만든 거야? 네가 만들었어?"

"어…… 응, 아니, 내가 만든 건 아냐. 난 박음질 이렇게 예쁘게는 못 해."

수민은 초등학교에서 배웠던 박음질을 떠올리며 필통을 돌려 보았다. 뒷면의 실이 나뭇잎처럼 얽혀 있었다. 1학년 때 배운 프랑스 자수에 이런 방법이 있었던 것 같다. 선생님이 뒷면이 박음질처럼 나온다며 샘플을 돌려 보여 줬었다. 그 바느질 방법 이름이 뭐였는지는 기억나지 않지만. 아웃라인 스티치였나, 아니 그건 뒷면이 반박음질 모양이었다. 시험 범위에서 빠지면 오래 기억나지 않았다. 시험 범위라고 해도 시험이 끝나면 기억에서 사라지는 것들이 많지만. 이수현은 수행 평가 전의 수업 시간에 손바느질이 재봉틀로 만든 것보다 튼튼하고 예쁠 수 있다고, 그래서 핸드메이드로 제작한 옷이나 가방이 더 비싸고 품질이 좋은 것들이 많다는 말을 한 적이 있었다. 태영이 왜 손바느질을 해야 하느냐고 투덜거릴 때, 이수현은 다른 반에서도 그런 이야기를 들었다는 듯 놀라지도, 얼굴을 찌푸리지도 않았다.

"이건 뭐야? 필통 안에 또 주머니가 있어."

지퍼 끝자락에 달린 끈으로 당겨서 여미는 조리개식 주머니를 보고 수민이 물었다.

"USB 넣는 거. 조그매서 자꾸 흘려서, 나중에 달았어."

수민은 필통을 유심히 살피고는 연습장에 쓰윽쓰윽 그림을 그렸다. 필통은 큰 게 좋았다. 수민은 정현처럼 필통을 두 개 들고 다니는 사람이 아니었으므로 샤프, 볼펜, 컴퓨터 사인펜, 형광펜, 포스트잇, 지우개를 다 편하게 넣고 다닐 크기를 생각했다. 모서리에는 정현의 필통처럼 작은 주머니를 달기로 했다.

"근데 그거, 만들기 어려울 거야. 구멍에 끈 넣기도 힘들고 끝 처리도 힘들어. 작을수록 어렵거든."

정현은 수민에게 주머니를 뒤집어 보여 주었다. 조리개식 주머니를 만들 때는 끈 넣는 부분을 여유 있게 할 것. 끈은 기성품을 쓰거나 가늘게 만들어야 쉽다.

"……안에다 고무줄을 넣을까? USB 넣고 뺄 때만 열고 보통 때는 조여서 안 벌어지게."

"……너 머리 좋다."

정현이 말했다. 수민의 아빠는 자주 수민에게 자기를 닮아서 머리는 좋은데 자기를 안 닮아서 게으르다고 말했다. 그때는 그렇게 싫던 머리 좋다는 말이 전혀 기분 나쁘게 들리지 않았다.

"나도 고무줄로 바꿔야겠다."

"네가 만든 거 아니라며."

"이 부분은 내가 만들었거든. 작아서 만들 때 힘들었어. 바늘도 퀼트 10호…… 가는 거 썼어."

바늘에 호수가 있다는 걸 처음 들은 수민은 정현이 바느질을 한두 번 한 게 아니라는 걸 알았다.

수민의 두 번째 도안은 통과되었다. 다른 학생들도 도안을 대부분 수정했고 처음과 전혀 바뀌지 않은 학생은 정현뿐이었다. 그리고 쉬는 시간에 서로 도안을 보여 주기 시작해서 만년필 필통이 정현의 도안임을 모두 알게 되었고, 학생들은 더 이상 그게 정현의 솜씨든 아니든 신경 쓰지 않게 되었다. 작년에 정현이 제출한 프랑스 자수가 지금 1학년들이 보는 샘플로 남았다는 것이 새삼 입에 오르내렸다. 사실 이제 와서 어떻게 성적을 올리더라도 정현이 특목고에 갈 수는 없으리라는 점이 모두의 흥미를 떨어뜨린 가장 큰 이유였을 것이다.

수민과 정현은 주말에 의류 도매 시장에서 만나기로 약속했다. 아직 시험까지는 여유가 있어서 주말에 친구를 만난다는 말에 수민의 부모님은 크게 잔소리를 하지 않았다.

"네 필통 같은 천 사고 싶다. 약간 빳빳하고 매끈매끈한 거."

"라미네이트 원단이야. 나도 그걸로 살 거니까 잘됐다."

요 며칠 수민은 정현과 짝이 된 이래로 가장 많은 말을 나누었다.

"어머나, 정현이 오랜만이야. 아버지 심부름 왔니?"

정현이 상가 내부 골목골목을 거침없이 앞장서서 도착한 천가게 주인이 반갑게 맞았다.

"학교 과제로 재봉할 천 보러 왔어요. 아빠 지난번 작업 사흘 정도는 더 걸리신대요. 와플 원단 다 되어 간다고 하시던데요, 청회색."

"그래? 오시기 전에 전화 달라고 전해 드려. 필요하신 거 찾아 놓게."

정현은 학교에서와는 완전히 다른 사람 같았다. 수민은 두 사람의 말을 전혀 알아듣지 못한 채로 멀뚱멀뚱 서 있었다. 천장까지 선반으로 가득한 매장에는 원단들이 커다란 기둥처럼 롤에 말려 있었고 몇몇은 잘라 내기 쉽게 가로로 걸려 있었다. 한쪽 벽에는 마치 한약방처럼 투명한 서랍장에 작은 칸들이 빼곡하게 들어차 있었다.

"라미네이트 원단으로 필통 만들려고요. 저희 둘이 다른 색으로 할 거고요. 각자 한 마까지는 필요 없을 것 같은데……."

"소품용으로 쓰는 천은 반 마씩도 팔아. 보자…… 필통이라고 했지? 보통 많이 나가는 건 이런 종류인데. 무늬가 자잘해서 맞추기 편해. 리버티 원단이라고 하는데 꽃무늬가 불규칙해서 안 맞춰도 표가 안 나고, 고상하고 세련되고."

주인이 천을 펼쳐 보였다. 정현의 필통처럼 은은한 광택이 나는 원단으로 옅은 색 바탕에 자잘한 꽃과 이파리가 흩어져 있었다. 상앗빛 바탕에 집이 아이들 낙서처럼 여기저기 작게 그려진 원단, 연한 하늘색에 양이 이리저리 그려진 원단, 다들 귀엽고 무난했지만 어쩐지 어디서 본 것 같은 느낌이 들어서 수민의 마음에 쏙 들진 않았다.

"큰 꽃이 있으면 좋겠어요. 수국이나 모란 같은 거요."

"무늬 맞추기 어려울 텐데?"

"괜찮아요."

수민이 말하자 주인은 흠, 하고는 뒤쪽에서 원단 하나를 새로 꺼냈다. 연녹색 이파리가 흩뿌려진 배경에 푸른색과 분홍

색 수국이 그려져 있었다.

"이건 소품으로 가방 만들 때 가끔 쓰는데, 무늬 맞추기 힘들지만 포인트는 예쁘지."

"이걸로 할게요, 그럼. 혹시 실패할지도 모르니까 두 마 정도 할까요?"

주인이 살짝 웃었다.

"아유, 두 마면 180센티인데 이 원단 폭이 110센티야. 너무 많을걸? 불안하면 한 마쯤 해도 넉넉할 거야."

"저는 버건디색으로 체크나 타탄 무늬가 있으면 좋겠는데요."

정현이 말하자 주인은 팔을 들어 위쪽에 놓인 롤을 내렸다. 짙은 버건디색 타탄체크가 자잘하게 들어간 원단은 수민이 보기에도 선을 맞추기 쉽지 않을 것 같은 무늬였다.

"정현이니까 이 천도 괜찮겠지. 무늬 잘 맞추면 예쁠걸. 이거, 최 작가님 가방 무늬랑 같아. 체크 크기는 작은데 색 구성이 완전히 같거든. 세트처럼 보일 거야."

"좋은데요……. 네, 엄마가 좋아하실 것 같아요."

지퍼는 주인의 추천으로 부드러운 플라스틱 대지퍼로 골랐다. 금속 지퍼는 길들기 전까지는 뻑뻑해서 소품에는 잘 쓰지 않는다고 했다. 수민은 정현이 커다란 나무 단추를 산 가게에서 작은 주머니에 쓸 패브릭 고무줄을 사고, 정현의 권유로 그럴싸한 와펜과 가느다란 바늘도 샀다. 다이소에서 파는 바늘과 뭐가 다른지 알 수 없었지만, 정현이 사라는 덴 이유가 있을 것 같았다. 재료들을 가방에 담고 둘은 시장 입구 맞은편의 분식집으로 들어갔다. 이것저것 고르는 사이에 3시가 훌쩍 넘어 있었다. 기름 떡볶이와 폭탄 김밥에 어묵까지 시킨 후에 수민은 정현을 보았다.

"아빠가 의상 일 하셔? 엄마는 작가시고? 아, 이런 거 물어보면 안 되나?"

수민이 머쓱해하자 정현이 조금 웃었다.

"아까 사장님이 말씀하신 거 들었지? 응, 아빠는 특수 의상 주문 제작하셔. 리폼 전문 가게인데 엄마가 바빠서 오래 못 열어 두고, 집에서 손바느질로 작업하시는 경우가 더 많아. 엄마는 일주일에 두 번씩 소설 연재하셔. 혼자 두면 밥도 자꾸 안 드시고 아빠가 가게 마치고 집에 가면 아침에 차려 놓은 게 그대로 식탁 위에 있고 그렇대."

"필통, 아빠가 만드셨구나."

"응. 오늘은 원고 올라가는 날이라서 아마 두 분이 집에서 점심 드시고 쉬고 계실 거야. 내가 좀 비켜 드리는 게 맞아."

"사이좋으신가 보다."

정현은 대답 대신 웃었다. 어쩐지 정현이 국어를 잘하는 이유를, 바느질을 잘하는 이유를 알 것 같았다.

"예전에 게임 동호회에서 만나셨대. 엄마는 거기에 소설 올리고, 아빠는 자기가 만든 옷으로 코스프레 하고. 학교 졸업하자마자 엄마가 결혼하자고 그랬대. 아빠가 엄마 팬이어서 언제쯤 고백해야 하나 끙끙거리고 있는데 엄마가 갑자기 결혼하자고 했다고 아빠가 요즘도 이야기해."

"안 사귀는 사이였는데 결혼하자고 그랬다고?"

주문한 기름 떡볶이가 탁자 위에 놓이자 고소한 냄새가 코를 찔렀다. 수민은 냉큼 떡볶이 하나를 찍어서 입 안에 넣었다. 집에서는 못 먹게 하는 메뉴여서 유난히 더 맛있었다.

"썸 타는 관계라고 그래야 되나? 엄마 말로는 자기 좋아하는 티 엄청 나는데 말을 안 해서 '우리 사귈까요.' 묻는다는 게 '우리 결혼해요.'라고 해 버렸대. 말하고 보니 그래, 결혼해도 괜찮겠네 싶으셨다고. 아빠가 얼굴 새빨개져서는 사귀기부터 해야 하지 않느냐고 그래서, 한 6개월 정도 연애하다가 결혼하셨대."

"너네 엄마 멋있다. 아빠도. 너 왜 이런 이야기를 아무한테도 안 해 줬어? 우리 반 애들 들으면 되게 재미있어할걸? 1학년 때도 말 거의 안 하고. 나는 너 진짜 말 없는 앤 줄 알았어."

"……아빠 닮아서 그래. 묻지도 않는데 먼저 말하는 거 잘 못 해."

"지난번에 바느질 가르쳐 달라고 그랬던 거 기억나지? 아직 유효한 거다?"

"기억해. 걱정하지 마. 쉬우니까."

수민은 폭탄 김밥을 오물거리며 먹는 정현의 입이 참 조그

맣다고, 뿔테 안경 너머 정현의 눈이 생각보다 크다고, 포크를 쥔 손가락이 길고 가늘다고 생각했다. 엄마 아빠가 오늘 만나는 애가 누군지 묻지 않아서 다행이라고도 생각했다.

　도안 통과 후에 3주 동안 수업 시간 외에도 집에 들고 가서 만들 수 있다는 규칙은 2주 만에 갑자기 바뀌었다. 학교로 민원이 빗발쳤기 때문이었다. 집에서 아이들이 공부는 안 하고 바느질에 매달린다며, 특목고 갈 애들까지 엉뚱한 데 힘 빼게 해야겠느냐는 말이었다. 민원인 중에 수민과 태영의 부모도 있었다. 이수현은 결국 수업이 끝나면 바로 제출하고 다음 시간에 이어서 만드는 방식으로 바꾸었다. 덕분에 아이들은 차츰 모양을 갖춰 가는 서로의 작품 가운데에서 눈에 띄게 완성에 가까워지고 있는 정현의 솜씨를 모두 알게 되었다.

　"그래 봤자 나중에 지방대나 겨우 가겠지. 국어 빼고 다 평균이잖아. 아, 수학은 그것도 안 되지? 전교에서 C 받은 열 명 중에 한 명 아냐?"

　어느 날, 매점에 다녀오던 수민은 태영이 아이들 앞에서 그렇게 이야기하는 걸 들었다. 덩치가 큰 데다 아빠가 학부모회 임원인 태영이 거들먹거리는 건 새삼스러운 일이 아니었다. 누가 뭐라고 하면 더 목소리를 높이곤 해서 얼굴을 찌푸린 채 빨리 이 상황이 끝나기만 바라는 애들이 대부분이었다.

　"개보다 국어 못 친 게 말은 잘해."

수민이 읊조렸다.

"뭐? 야, 김수민, 너 뭐라 그랬어?"

태영이 잽을 날리는 시늉을 했다. 수민의 바로 앞으로 주먹이 날아왔다. 안 피해도 맞지 않는다는 걸 아는 수민은 굽히지 않고 말을 이었다.

"너 1학년 때부터 국어는 허정현한테 졌잖아. 참, 수학 이야기했지? 너 수학은 참 잘하나 봐? 그래서 나한테 한 번도 못 이겼어?"

"난 외고 갈 거거든? 너처럼 수학 안 중요하다고!"

"어, 그래? 외고는 국어 잘 못해도 되나 봐? 반에서도 만년 2등인 애가 외고 갈 수 있나 보네. 난 국어는 너보다 못해도 수학은 지금까지 한 번도 만점 놓친 적 없는데."

"야, 김수민 너……!"

태영의 목소리가 교실을 울리고, 태영이 수민의 멱살을 잡아 들어 올렸다. 키가 한 뼘은 더 크고 어깨도 10센티는 더 넓은 덩치에게 멱살이 잡혀 발이 땅에 닿지 않을 지경이 되자 수민은 순간 숨이 막힐 것 같았다.

"너 죽고 싶어? 어디서 까불어, 내가 못 칠 줄 알아?"

"그만해! 야, 수민이 내려놔! 윤태영!"

정현의 목소리가 들렸다. 정현과 함께 담임이 교실로 들어섰다. 태영은 깜짝 놀라면서 멱살을 놓았다. 수민이 가쁘게 숨을 내쉬었다.

담임이 수민과 태영을 교무실로 불렀다. 수민이 자신이 왜 그랬는지 설명했지만, 태영은 단지 아이들이랑 기말고사 걱정을 하고 있었을 뿐이라고 우겼다. 수민이 전부터 자기를 무시해 참다 참다 폭발한 것뿐이라고 했다. 멱살을 잡긴 했지만 때리지는 않았다고 덧붙였다. 수민이 했다는 말은 훨씬 더 강한 표현으로 바뀌었다. 두 사람이 쓴 반성문은 완전히 다른 상황을 그리고 있었다.

다음 날 두 사람의 엄마가 학교로 찾아왔다. 수민의 엄마는 어떻게 같은 반 친구 멱살을 잡을 수 있냐고 태영을 비난했다. 태영의 엄마는 태영이 잘못했지만 수민이 화를 돋운 게 아니냐고 주장했다. 만약 학폭위를 연다면 자신도 수민을 학교 폭력으로 신고하겠다고 했다. 성적이 아무리 좋아도 가해자로 학폭위가 열리면 고등학교 입시는 끝장이나 다름없었다.

그때, 담임에게 동영상 하나가 도착했다. 태영이 정현의 이야기를 하는 순간부터 담임이 문을 열고 들어올 때까지가 고스란히 찍혀 있었다. 상황이 바뀌었다. 담임은 누가 찍었는지는 알려 주지 않은 채 엄마들과 두 사람이 모두 있는 자리에서 동영상을 재생했다. 수민이 했던 말도, 태영이 수민의 눈앞까지 주먹을 들이민 것도 생생하게 담겨 있었다.

"이거 어떤 새끼가 찍은 건데요? 허정현? 그 새끼 그때 분명히 없었는데, 몰래 숨어서 찍었어요?"

태영의 엄마는 사색이 되었다. 담임은 누구인지 밝히지 않고 아이들이 몰래 신고한 내용을 말했다.

"마음에 들지 않으면 바로 눈앞까지 주먹을 날립니다. 피하면 쫓아와서 때리고, 자기가 때린 게 아니라 피하다가 부딪쳤다고 우깁니다. 뭐든 자기보다 하나라도 잘하면 욕합니다. 선생님이 수업 시간에 누구 지목해서 칭찬하면 그날은 주먹 날아가는 날입니다. 말을 엄청나게 잘해서 듣고 있으면 꼭 제가 잘못한 것 같습니다. 저 말고 우리 반에 비슷하게 당한 사람 많습니다. 1학년 때는 수학 빼곤 다 1등이라서 수학 1등인 민성규를 엄청나게 갈궜습니다. 민성규가 갑자기 전학 간 이유도 그 때문입니다. ……윤태영, 이런 신고가 몇 건이나 들어왔다. 다 맞는 말이야?"

"아 씨, 어떤 새끼냐고요!"

쾅, 태영이 학생부 상담실 책상을 내리쳤다.

태영은 꽤 오랫동안 교무실과 학생부를 들락거리다가 기말고사 직전에 급하게 이웃 학군으로 전학 갔다. 학폭위를 열지 않는 조건이었다는 소문이 한참 돌았지만, 사실이 어떻든 아이들에겐 그저 기쁜 일이었다. 몰래 신고한 건 소이와 정현과 영호를 비롯한 많은 아이들이었지만 동영상을 보낸 사람이 누구인지는 끝내 밝혀지지 않았다. 짐작 가는 사람이 너무 많았기 때문에 서로가 비밀을 지켜 주는 분위기였다. 전학 간 학교의 학생들이 걱정스럽기도 했지만, 같은 초등학교를 나온 아이들 사이에 소문이 퍼져서 태영이 예전처럼 그대로 지내기는 어려울 거라고들 했다.

수민은 부모님에게 꽤 오래 잔소리를 들었다. 동영상이 없었으면 과학고든 영재고든 끝난 일이라고 수민이 잊을 만하면 계속 이야기했다. 수민은 학원에서 돌아와 숙제를 마치는 12시가 되면 조용히 두 사람만의 수업을 시작했다. 부모님은 수민이 늦게까지 수학 문제를 푼다고 기뻐했지만, 사실 수민의 수학 풀이는 그대로 정현의 태블릿 화면과 공유되고 있었다. 정현은 수민의 풀이 곳곳에 메모를 남겼다. 여기 잘 모르겠어. 수민은 메모에 답을 달았다. 이거 1번 식을 2번 식에 대입한 거야. 연립 방정식은 계수가 간단한 식을 정리해서 복잡한 식에 대입하면 쉬워. 두 사람은 그렇게 하루에 한 시간씩 같이 공부했다.

기말고사가 끝난 뒤 수민의 필통은 삼각으로 예쁘게 완성되었다. 정현의 조언에 따라 내부가 깔끔해지도록 두른 바이어스 테이프가 모두에게 높은 평가를 받았다. 고무줄로 조인 주머니도 귀엽다는 평이었다. 완성하면 대부분 A를 받은 과제였지만, 수민은 푸른 수국이 한 면의 절반을 채우는 필통이 무척 마음에 들었다. 걱정과는 달리 천을 다 쓰지도 않았다. 정현은 기말고사에서 평균 근처의 점수가 나온 과목이 하나 더 늘었다.

"최 작가님은 만년필 필통 좋아하셨어?"

"응, 이제껏 받은 선물 중에 두 번째로 좋대. 첫 번째는 될 수 없으니까."

성적표가 나온 날 수민의 물음에 정현은 그렇게 말하며 웃었다. 첫 번째로 좋아하는 선물은 아마도 최 작가님이 사귀기도 전에 청혼해 버린 사람이 선물한 같은 무늬 가방일 거라고, 수민은 생각했다. 그리고 처음으로 손수 만든 필통을 가방 안에 챙겼다.

"삼각형 모양 필통, 어렵지 않았지?"

정현의 말에 수민은 픽, 웃었다.

"삼각형이 아니라 삼각기둥."

수민이 말했다. 정현은 어, 어, 하고 웃었다.

프린트를 모을 때는
더블클립이나
날클립이 좋아

어째서 과제는 항상 반장이 걷어야 하는 걸까. 왜 과제는 같은 시기에 몰려 나올까. 중간고사까지 아직 여유가 있는 4월, 중간고사와 기말고사 사이인 5월 말, 선생님들은 서로 약속이나 한 듯이 그동안 해 온 수행 평가의 결과물을 제출하라고 했다. 교실 앞 칠판에는 과제 안내물이 계속해서 붙었다. 혹시라도 겹쳐서 뒤에 있는 종이가 가려지기라도 하면 꼭 한 명씩 그 탓을 하며 과제를 못 했다는 핑계를 댔다.

물리 과제의 첫 번째 제출일, 승민은 과제물 맨 위에 보라색 하트 모양 포스트잇을 붙였다. 2학년 1반, 미제출자 19번. 번호순으로 걷은 과제를 가지런히 놓고 돌아서는데 3반 반장인 송기준과 마주쳤다. 송기준의 손에 들린 과제물의 높이가 한눈에 보기에도 상당했다. 노트에 쓰지 말고 A4 용지에 출력해서 내라고 했는데 저렇게 차이 날 일인가 싶었다. 송기준은 3반

과제와 승민이 방금 올려 둔 종이 뭉치 사이를 조금 떨어뜨려 2반이 낼 자리를 남겨 두고는 승민에게 웃어 보였다.

"1반은 양면 인쇄가 많나 봐. 안 낸 사람 최선우지? 작년에도 과제 잘 안 냈는데 여전하다."

교무실을 나오며 송기준이 말했다. 최선우는 1학년 때 송기준과 같은 반이었고 승민과는 반이 달라서 말을 나눠 본 적이 없었다. 학교는 한 층이 세 개 복도로 나뉘어 2, 3학년은 문과 반이 복도 하나를, 이과반이 두 개를 썼다. 한 학년은 같은 층이라곤 해도 다른 쪽 복도로는 별로 오갈 일이 없었다. 특히 승민의 반은 학년 교무실과 같은 복도를 써서 다른 쪽으로 갈 일이 더 없기도 했다. 학년 교무실과 가까우면 아무래도 가장 자주 지적받아 대대로 '터가 좋은' 교실이라고들 했다. 승민은 2년째 '터가 좋은' 교실이었는데 사실 그럴수록 선생님들을 피하는 기술이 늘기 쉬웠다.

"걔 작년에도 잘 안 냈어?"

승민의 물음에 송기준은 "어?" 하고는 조금 웃었다.

"최선우 유명하잖아. 낸 과제가 있긴 한가? 맨날 엎어져 있지? 샘들이 그러잖아. 선우 얼굴 보기가 제일 어렵다고."

최선우는 반에서 '가장 얼굴 보기 힘든 애'다. 주로 조례 직전에 교실에 들어왔고, 가끔은 조례 중간에 들어왔다. 그나마 그때가 유일하게 얼굴을 볼 수 있는 때라고 해도 좋았다. 선생님들이 지적하면 늘 안 잤다고 주장했지만 종종 그 질문조차 듣지 못하고 고개를 숙인 채인 걸 보면, 학교에서 깨어 있는 시간이 얼마 안 되리라고 짐작할 수 있었다.

수업 시작 종소리에 둘은 서둘러서 교실로 돌아갔다. 최선우는 여전히 엎드려 있었다. 자리 뽑기를 할 때도 거의 깨질 않아서 최선우의 자리는 가운데 분단 맨 뒷자리 붙박이였다. 선생님 눈을 피하기에는 가장자리 맨 뒤가 좋고, 공부를 열심히 하기에는 앞에서 세 번째까지가 좋기 때문이다. 누구도 바라지 않는 중앙 맨 뒷자리를 뽑은 아이는 남아 있는 최선우의 제비와 바꾸곤 했다. 최선우를 깨워서 자리를 바꾸자고 말하기조차 귀찮은 일이었다. 한번쯤은 깨어 있으려고 할 만도 한데, 다른 아이들 자리가 전부 바뀌어도 별말이 없는 걸 보면 최선우가 교실 안을 둘러보기나 할까 싶을 정도였다.

2교시 세계사 시간이 절반쯤 지났을 때 승민은 최선우의 일을 완전히 잊어버렸다. 과제를 안 내서 최하점을 받든 말든, 미제출자가 있다고 반장인 자신이 혼나는 것도 아니었다. 그랬는데.

"그래서 수행 평가는 2인 1조로 발표할 거야. 친한 사람들끼리 하면 소외되는 친구가 생길 수도 있으니까 팀은 랜덤으로 뽑고."

아이들이 수군거렸다. 랜덤 뽑기는 선생님 노트북으로 숫자를 뽑아 아이들끼리 바꾸는 건 엄두도 못 낸다. 어쩐지 느낌이 좋지 않았다. 그리고 그 느낌은 적중했다.

"자, 그럼 정해진 팀대로 자리 이동해서 팀원끼리 짝지로 앉아 봅시다."

승민은 칠판에 뜬 뽑기 결과를 아연하게 쳐다보았다. 아이들은 하나둘씩 일어나 자리를 옮기고, 짝은 승민에게 안됐다는 눈길을 보냈다. 왜 하필이면 과제 안 하기로 유명하다는 최선우와 팀이 된 걸까. 오늘따라 최선우 이야기가 귀에 들어오더라니.

승민은 주섬주섬 책과 노트를 챙겨서 여전히 고개를 숙이고 있는 최선우의 옆자리에 앉았다. 짝이 자기 팀원을 찾아갈 때도 미동조차 하지 않던 최선우는 승민이 옆자리에 앉자 움찔하더니 고개를 들었다.

"너랑 나랑 팀이야."

"……."

그 순간 최선우의 얼굴에 스친 표정이 마치 '너 참 운 없구나.'라고 말하는 듯이 보였다. 승민은 앞쪽에서 넘어온 프린트물의 마지막 두 장 중 한 장을 챙기고 한 장을 최선우에게 건넸다. 팀별로 세계사에 관련된 자유 주제로 연구 발표하기. 보고서는 A4 지정 양식으로 4장에서 5장 사이. 중간고사 2주 뒤, 세계사 수업이 있는 날 오전 8시 30분까지 제출하고 발표는 5분, 질문 답변 2분. 발표 순서는 당일 추첨. 원래는 일주일에 이틀, 각각 다른 날에 하는 세계사 수업을 그 주엔 시간표를 바꿔서 연이어 한다는 안내도 덧붙어 있었다. 세계사에 관련

된 자유 주제 연구라니. 1학년 때 비슷한 과제를 한국사 시간에 한 적이 있지만, 그때는 팀별 활동이 아니라 개인 발표여서 큰 부담이 없었다. 선생님이 주제를 한정하지 않은 탓에 승민의 반에서는 마침 당시에 화제였던 한복에 대해 발표한 사람이 네 명이나 나왔다. 세계사는 분야가 넓으니 그럴 일은 없을 것 같긴 했지만. 아니, 지금은 그런 걱정을 할 때가 아니다.

"남은 시간은 팀원끼리 과제에 대해서 토의해 봅시다. 주제는 다음 주 일요일 자정까지 샘에게 메일로 보낼 것. 메일 주소도 거기 있지? 주제가 겹치면 조정해야 할 수도 있으니까 잘 생각해 보도록 해요."

선생님의 말에 승민은 최선우를 보았다. 그사이에 또 고개를 숙이고 있으면 어쩌나 했는데, 최선우는 프린트를 한참 들여다보더니 커다란 파일북을 열었다. 그 안에서 더블클립으로 묶은 프린트물을 꺼냈다. 최선우는 더블클립을 빼더니 방금 받은 프린트를 맨 위에 놓고는 새로 고정했다. 맨날 고개를 숙이고 있는 그 자세 그대로, 프린트 네 귀를 맞추는 모습이 어쩐지 최선우의 평판과는 참 안 어울린다는 생각이 들었다. 그때, 최선우가 고개를 들어서 승민을 보았다.

"하고 싶은 주제 있어?"

"어? 어, 아니 지금 당장 떠오르는 건 없는데……. 너는?"

얼떨결에 묻긴 했지만, 최선우가 주제를 고르리라는 기대는 눈곱만큼도 하지 않았다. 몇 명이 힐끔거리는 것이 느껴졌다.

최선우가 고개를 드는 일이 드물다 보니 세계사 선생님도 이쪽을 볼 정도였다.

"……네덜란드 그림 좋아해? 17세기……."

"그림? 17세기?"

정말 바보 같은 반응이었지만, 승민의 머릿속에 떠오르는 이름이 있긴 했다. 페르메이르. 「진주 귀걸이를 한 소녀」. 17세기 그림이 맞나?

"아, 그림 안 좋아하면 다른 주제로 해도 돼."

승민은 최선우가 다시 고개를 조금 숙이자 깜짝 놀라 최선우의 어깨에 손을 얹었다.

"아냐, 해! 네덜란드 그림 좋아! 그걸로 하자!"

"진짜 괜찮아?"

최선우의 입꼬리가 살짝 올라갔다. 승민은 바로 프린트 위에 적었다. 17세기 네덜란드 그림. 괜히 다른 주제를 말했다가 그 평계로 안 도와주면 큰일이었다. 세계사는 2단위밖에 안 되지만, 30퍼센트인 수행 평가를 망쳤다간 두고두고 후회할 게 뻔했다.

학원 수업이 없는 날이어서 승민은 집에 오는 길에 네덜란드 회화에 대해 검색했다. '17세기'를 쓰지 않아도 자동으로 페르메이르가 완성됐다. 슈퍼 히어로물에 나오는 배우가 옛날 옷을 입고 있는 장면을 언젠가 TV에서 본 적이 있다. 더빙한 목소리는 승민이 기억하는 그 배우의 목소리와 다르고, 얼굴은 조금 앳되어 보였지만 분명히 검은 옷을 입고 멋진 포즈로 착지하던 그 슈퍼 히어로가 맞았다. 엄마는 실제 그림과 화가의 이야기를 상상으로 만들어 낸 영화라고 했다. 인터넷에서 찾아보면서 어쩐지 슬퍼 보이는 그림 속 인물이 배우의 얼굴과 닮았다는 생각을 했었다. 하지만 영화 속 화가는 고흐처럼 비운의 천재 같지도 않았고, 다빈치처럼 다방면에서 위대해 보이지도 않았기 때문에 승민은 영화로 만들 만한 이야기인지는 잘 이해가 되지 않았었다. 애초에 그림이나 조각을 좋아했다면 이과에 왔을 리가 없다. 승민은 배울 때는 쉽지만 문제 풀기는 까다롭다는 사회문화나, 수많은 지도를 도무지 구별하기 어려운 지리보다는 그래도 사건이 있는 세계사가 나아 보여서 선택했을 뿐이다. 세계사 선생님은 승민의 기대대로 역사를 옛날이야기처럼 흥미롭게 들려주시는 분이어서 안도했다. 비슷한 이유로 선택한 이과생들이 많아서 세계사는 문과반이 한 반, 이과반이 두 반이었다.

집에 도착할 즈음에는 렘브란트가 17세기 화가임을 찾았다. 어딘지 신성해 보이기도 하고 쓸쓸해 보이기도 하는 풍경화를 그린 얀 호이엔도 알게 됐다. 이 정도면 몇 주를 들일 필요도 없이 이번 주말에 보고서를 완성할 수 있을 것 같았다. 발표 PPT를 만드는 데 하루 쓴다고 하면, 최선우가 아주 손을 놓지 않는 한 별문제 없이 과제를 제출할 수 있을 듯했다. 주제를 세계사 선생님에게 메일로 보내고, 승민은 최선우에게 메시지를 썼다.

—금요일 수업 끝나고 학교 앞에 있는 카페에서 볼래? 내가 조사한 자료 파일로 보내 놓을게.

한참 지나서 메시지 앞의 '1'이 사라졌다.

—그럼 나도 만나기 전에 보낼게. 금요일은 학원 안 가니까 괜찮아.

승민은 최선우가 학원을 다니긴 한다는 사실에 조금 놀랐다. 하긴 대한민국 고등학교 2학년 중에 학원 안 다니는 사람이 몇이나 되려고. 공부와 담쌓은 듯 보여도 다른 애들처럼 학원에 시달린다는 사실에 어쩐지 최선우와 조금 가까워진 것 같은 기분마저 들었다.

금요일까지 승민은 계속해서 최선우에게 눈길이 갔지만 세계사 수업 이후로 최선우는 완벽하게 예전의 모습으로 돌아갔다. 이동 수업이 있을 때는 누군가가 책상을 두드려야 일어났다. 가끔 뭔가 필기를 하는 것처럼 보일 때도 있었지만 글씨를 쓰는지 그냥 펜을 잡고만 있는지 구별하기 쉽지 않았다. 그사이에 몇몇이 승민에게 세계사 과제에 대해서 말을 걸었다. 최선우랑 같은 팀이라며? 어떻게 해, 혼자 다 해야겠네. 너무 힘빼지 마. 세계사 그렇게 중요한 과목도 아니잖아. 너 약학과나 생명공학 쪽 갈 거니까 성적 좀 안 나와도 학종에 큰 지장 없을 거야. 말을 하는 사람은 여럿인데, 하는 이야기들은 거기서 거기여서 승민은 그저 웃기만 했다. 최선우가 주제를 정했다고 했다가는 자기가 준비할 것도 아니면서 주제를 골랐느냐는 말이 돌아올 것 같았다.

혹시 안 나타나면 어떻게 하지, 걱정하며 승민이 카페에서 10분 정도 기다렸을 때, 최선우가 숨을 고르며 가게 안으로 들어섰다. 승민 앞에 놓여 있는 잔을 보더니 아이스티 벤티 사이즈를 시켜서 앉았다. 최선우는 가방에서 주섬주섬 전에 봤던 파일북을 꺼내 승민에게 자료를 내밀었다. 기본 정렬 문서가 10포인트로 빼곡하게 네 페이지였다.

"어제 학원이 늦게 끝나서 정리를 다 못 했어. 아침에 보내도 읽을 시간 없을 것 같아서 출력해 왔는데 괜찮아?"

승민이 며칠 동안 지켜본 최선우는 어디 가고, 세계사 시간에 네덜란드 이야기를 하던 최선우가 다시 나타났다. 인터넷에서 자료를 꽤 찾아봤다고 생각했는데 최선우가 가져온 문서는 처음 보는 내용이 많았다.

"다 어디서 찾았어?"

승민이 뒤적이며 묻자 최선우는 페이지 아래쪽을 가리켰다. 맨 아래에 작은 글씨로 출처가 적혀 있었다. 한 번도 본 적 없는 사이트 주소에 끝자리가 kr, com, net이 아닌 알파벳들이었다. jp는 뭐고 uk, ni는 다 뭔가. 설명도 영어로 쓰여 있어서 알 수 없는 곳들이었다.

"요새는 번역기가 좋아서 다른 나라 사이트를 보기 편해졌어. 안 그래?"

마치 누구나 당연히 알고 있는 이야기를 하는 것 같아서 승민은 그게 무슨 말이냐고 묻기 머쓱해졌다.

"그림 좋아해서 이것저것 작품만 많이 봤는데 요새는 번역기 돌리면 설명도 대충은 알겠더라고. 네가 보내 준 자료들도 잘 봤는데, 출처가 없는 경우가 많아서 조금 보충하면 좋을 것 같아. 그리고 음, 개인 블로그를 인용하면 좀 부정확하니까 원출처를 찾는 편이 좋지 않을까?"

"그림…… 좋아하는구나. 하긴 그래서 이 주제로 하고 싶다고 했겠지. 네가 그림을 그렇게 좋아하는지 몰랐어. 그런 애들은 문과에 많은 줄 알았는데."

빨대로 아이스티를 마시던 최선우는 승민을 슬쩍 보고는 약간 표정이 어두워졌다.

"문과 가면 먹고살기 힘들다고 이과 가야 한다고 그래서. 우리 집 다 이과거든. 아빠는 기계공학과, 엄마는 화학과. 내 동생은 중2 마치고 바로 과학 기술원 부속 영재 학교 갔어."

그렇지만 넌 수업 시간에 늘 졸잖아,라는 말이 나올 뻔한 것을 승민은 가까스로 참았다.

"울 엄마도 수학과 나왔지만 나보고는 하고 싶은 거 하라고 하던데. 나는 책 읽는 거 안 좋아해서 이과 왔지만."

"엄마 아빠를 배신할 순 없잖아."

문과를 가는 게 부모님을 배신한다고 느낄 만큼 큰일인가 싶었다. 동생이 영재 학교에 입학했을 정도면 스트레스가 더 컸을 것 같기는 하다. 그렇지만 부모님이 원하는 대로 이과에 온 것치고는 아무리 봐도 잘 적응한 모습으로 보이지는 않았다.

"너네 엄마 수학과 나오셨구나. 너도 수학 잘해서 좋겠다. 엄마가 좋아하시겠네. 너는 이런 것도 잘 풀겠다."

최선우가 파일북에서 다른 프린트 묶음을 꺼냈다. 미적분 문제였다. 아직 학교 수업에서는 로그 함수의 적분이 나오지 않았어도 학원 진도가 빠른 거야 당연하다. 얼른 보기에 어떻게 접근해야 하는 문제인지 바로 알 수는 없었다. 정적분으로 구한 함수로 다시 부등식을 풀어서 해의 구간을 찾은 다음에…… 그다음엔 이게 어떻게 자취로 이어진다는 건지 문제를 풀어 보기 전에는 예상하기 어려웠다. 그런데 이런 문제를, 최선우가 푼다고? 수학 퀴즈에서 반도 못 푼 것을 몇 번이나 봤는데.

"이거 수능 4점짜리 중에서도 꽤 어려운 문제일 것 같은데. 안 풀어 봐서 정확히는 모르겠지만 되게 어려워 보인다. 한참 걸릴 것 같아."

"그렇지. 1학년 때도 겨우 턱걸이로 7등급 받았는데. 참 어렵다, 미적분."

"너 이런 거 풀 수 있어?"

승민은 참지 못하고 물었다. 최선우가 씁쓸하게 웃었다.

"설명해 주시면 이해는 해. 근데 문제가 매번 조금씩 바뀌잖아. 그러니까 그대로 따라서 풀다가 딱 막히지."

"차라리 좀 쉬운 책이 낫지 않아? 계속 안 풀리는 문제 들여다보면 자신감만 떨어지던데, 나는."

"그래서 숙제하다 보면 금방 4시야. 엄마 아빠는 고등학교 때 네 시간도 안 자고 공부했다는데, 난 세 시간 자면 아직 너무 힘들어서."

카페에서 허니 버터 브레드에 찰떡 초코 퐁듀까지 시켜서 한참 이야기를 나누는 사이, 승민은 최선우에 대해 조금 더 알 수 있었다. 과제는 최선우가 조사한 자료를 바탕으로 승민의 내용을 추가하고, 두 사람의 감상과 소감을 덧붙이기로 했다. 최선우가 승민에게 보고서를 보내면 승민이 그걸로 PPT를 정리해 발표하기로 하고 헤어졌다.

집에 와서 승민은 계속 최선우를 생각했다. 모든 프린트물의 네 귀를 반듯하게 맞춰서 깔끔하게 더블클립으로 묶는 아이. 파일북에 여러 과목 프린트를 모으면서 귀퉁이가 구겨지지도, 말리지도 않게 챙기는 아이. 그런 애가 수업 시간에 고개를 숙이고 있는 게 아이들 말처럼 게을러서일까. 승민은 최선우에게 왜 프린트를 더블클립으로 모으냐고 물었다. 어째서 애들처럼 스테이플로 철하거나 클리어 파일에 넣지 않는지 궁금했다. 최선우는 눈을 조금 크게 뜨고는 스테이플로 철하면 종이에 구멍이 나고, 클리어 파일에 넣으면 필기하기 불편하지 않냐고 되물었다. 최선우는 프린트에 메모할 때 파란색과 빨간색 수성 펜을 함께 썼고, 아주 잘 쓰지는 않았어도 깨끗이 정리된 글씨체였다. 반듯하게 묶은 학습지에 꽤나 어울리는 필기였다.

일요일 자정 5분 전, 최선우의 보고서가 메일로 왔다. 깔끔한 정리를 보고 승민은 이제는 최선우와 어울린다고 생각할 수 있었다. 승민은 잘 받았다는 답장에 엄마와 한 시간 동안 나눈 이야기를 함께 보냈다.

오지랖인 줄 아는데, 우리 엄마 실업계 고등학생 전문 학원에서 수업하시거든. 공대 가려면 미적분이나 기하 꼭 해야 하는 학생들 대상이야. 작년에 8등급이던 학생들이 4등급까지 올라가기도 했대. 엄마 학원에서 보는 책 목록이랑 순서야. 미적분이나 기하 둘 중 하나 5등급 정도 받으면 국어, 영어, 사회에서 만회해서 공대 갈 수 있다. 2학년이니까 4등급까지 올릴 수도 있을 거래.
기분 나빴으면 미안해. 근데 나는 네가 수학 시간에 수업 듣고 싶을 거라고 생각해서. 과제 마무리 잘할게. 자료 고마워.

그리고 자정이 조금 넘은 시간에 메신저가 울렸다.
—정말 고마워. 잘 볼게. 어머니께도 감사드린다고 전해 줘.
승민은 살며시 웃고 편하게 침대에 누웠다.

중간고사 직후 최선우는 평균에서 5점 모자란 점수를 받았다고 승민에게 메시지를 보냈다. 풀이 죽은 줄 알았더니 지금까지 받은 점수 중에 가장 평균에 가깝다고 기뻐했다. 수학 연습 문제 숙제도 마감에 맞춰서 냈다. 날클립으로 묶은 10쪽짜리 학습지에 '8/10'이라는 숫자가 적혀서 돌아왔다. 꽤 많은 애들이 교과서 맨 뒤 답지를 베끼는데, 최선우는 진짜로 다 풀어서 낸 모양이었다. 수학 선생님이 빨간 글씨로 '스스로 하는 노력이 훌륭함! 파이팅!'이라고 적어 최선우에게 돌려줄 땐 승민도 흐뭇했다.

세계사 발표일, 두 사람은 세 번째 순서였다. 미리 조율을 한 덕분에 주제가 겹치는 팀은 없었는데, 선생님의 질문에 앞 두 팀 다 대답을 제대로 하지 못했다. 승민 팀의 발표가 끝나자 선생님이 빙긋 웃었다.

"네덜란드 17세기 회화를 주제로 했네. 특징과 맥락을 잘 정리해 좋네요. 여러 나라 사이트를 살펴봤고, 출처 표기도 꼼꼼하고. 두 사람이 제일 좋아하는 화가를 꼽는다면 누구일까?"

"저는 페르메이르입니다. 「진주 귀걸이를 한 소녀」도 좋지만, 「편지를 읽는 여인」에서 창과 빛의 배치가 매우 과학적으로 보입니다."

승민이 답했다. 선생님이 최선우를 보았다.

"저는…… 얀 호이엔의 그림이 좋아요. 풍경화를 좋아해서요."

최선우의 말에 선생님이 흐뭇하게 웃었다.

"나는 터너를 좋아해. 나라는 다르지만, 터너와 얀 호이옌의 풍경화가 주는 정서가 닮은 것 같아. 물론 샘은 미술 전공이 아니라서 어디까지나 느낌이지만."

"터너도 좋아요. 저는 터너보다 얀 호이옌의 그림이 조금 더 잔잔해 보이지만, 바다와 하늘의 풍경과 이미지는 비슷한 것 같아요."

놀란 눈으로 서로 쳐다보는 아이들을 승민은 흥미롭게 지켜봤다. 발표 전까지 아무리 최선우도 열심히 하고 있다고 말해도, 다들 승민 혼자 고생하고 있으리라 믿었다. 이제 세계사 과제를 절대로 승민 혼자 하지 않았다는 것을 알겠지. 최선우가 고개를 들고 대답하는 모습을 보며 승민은 최선우와 함께 뭔가를 할 일이 없어졌다는 사실이 조금 아쉬웠다.

기말고사가 끝날 때까지 교실에서 최선우와 이야기를 나눌 기회는 별로 없었다. 승민의 자리는 앞쪽이어서 일부러 돌아보지 않으면 최선우가 고개를 숙이고 있는지 알 수 없었다. 다만 최선우가 내는 과제물이 조금씩 늘기 시작했다. 여전히 조례 시간에 빠듯하게 교실로 들어오기는 했지만, 이동 수업을 알려 주려 책상을 톡톡 쳐야 할 일도 가끔 생겼지만, 과제물 맨 위의 포스트잇에는 '미제출자 없음.'이라고 쓰는 날이 많아졌다. 승민은 송기준을 마주치면 그 글자가 잘 보이게 내려놓곤 했지만 송기준은 별말을 하지 않았다.

방학식을 하고 일찍 학교를 나선 날, 승민은 혼자서 교보문고에 갔다. 메신저에 최선우의 생일이 내일이라는 알림이 떠 있었다. 세계사 수행 평가에서 만점을 받아 고맙다는 말과 함께 생일 축하한다고 선물을 줄 생각이었다. 여태 가 본 적 없는 예술 서가에서 승민은 이것저것 화집을 꺼내 봤다. 최선우가 좋아한다는 화가 얀 호이엔의 화집을 찾으려 했지만 보이지 않았다. 서점 컴퓨터로 검색해도 결과가 없어 고민 끝에 '네덜란드 회화'를 입력했다. 네덜란드어 회화 책이 몇 권 나왔다. '17세기 네덜란드'라고 다시 검색하자, 네덜란드 미술에 대한 칼럼을 모은 책이 한 권 있었다. 하지만 그 책에도 다루는 화가 중에 얀 호이엔은 없었다. 승민은 마지막으로 'Jan van Goyen'이라고 검색했다. 화면에 뜬 화집 몇 권 중 재고가 있는 것은 하나뿐이었다. 서가 안내를 보고 승민은 구석에 꽂힌 얇은 화집 한 권을 찾을 수 있었다.

책을 계산하고 봉투를 가방에 챙긴 뒤에 서점을 한 바퀴 둘러보고 나오려는데, 수학 참고서 근처에서 익숙한 목소리가 들렸다.

"그래서 2학기에도 그 책이랑 한 권 더 보려고요."

"그래, 그 친구 덕분에 5등급 받았는데 조금 더 열심히 해 보자."

"엄마, 나도 캘큘러스 사고, 캠벨도 사야 돼."

승민은 목소리가 들린 쪽을 쳐다보았다. 최선우와 아마도 어머니와 동생으로 보이는 세 사람이 참고서 코너에 서 있었다. 덥수룩한 머리에 통통한 동생은 한눈에도 어머니와 너무 똑같이 생겨서 최선우만 일행이 아닌 듯 보였다. 저 애가 영재 학교에 다닌다는 동생이구나. 최선우가 말하는 책은 승민이 알려 준 책일 터였다. '그 친구'가 자기를 가리키는 말일 것 같아서 승민은 급하게 자리를 피해서 서점을 나왔다. 어머니를 꼭 닮은 얼굴에 어머니와 딱 붙어 있는 동생과, 두 사람과 전혀 닮지 않은 모습으로 조금 떨어져 있는 최선우가 이상하게 마음에 걸렸다.

다음 날 둘은 세계사 과제 때문에 모였던 학교 근처 카페에서 다시 만났다. 책을 포장해서 약속 시간 10분 전에 도착했더니 최선우가 먼저 앉아 있다가 손을 흔들었다.

주문을 기다리며 승민은 최선우에게 선물을 건넸다. 최선우는 눈이 커지더니 포장을 풀고는 와― 하며 조심스럽게 책의 표지를 앞뒤로 돌려 보았다.

"고마워……. 화집 처음 받아 봐. 얀 호이엔 좋아하는 거 어떻게 알았어? 아, 말했구나. 발표할 때."

"네 덕분에 수행 만점 받고, 그림 공부도 하고. 나 완전 교양 있는 사람 됐잖아."

"페르메이르 그림이 과학적이라서 좋다고 했지."

최선우가 웃었다.

"나 선물 사러 갔다가 너네 엄마랑 동생 봤어. 동생이 처음 듣는 책 산다고 하고, 너는 수학 교재 사러 온 것 같던데."

"아, 신기하다. 몇 달 만에 서점 갔는데 그 공간에 같이 있었네."

최선우가 조심스럽게 책을 펼치고는 그림에 빨려 들어갈 듯이 보았다.

"엄마랑 동생이 많이 닮았더라. 넌 아빠 닮았나 봐."

"으응, 아니야. 닮을 수가 없지. 나 입양아인걸."

최선우가 너무나 아무렇지도 않게 말해서 승민은 자신이 무슨 말을 들었는지 조금 늦게 이해했다.

"난임이셔서 날 입양하셨대. 입양하면 아이가 생긴다는 얘기가 있나 봐. 그 덕인지는 모르지만 동생이 태어났고. 아, 그래도 정말 잘해 주셔. 동생도 착해."

"그렇게 막 말해 줘도 괜찮아? 아니, 어, 그게 뭐 부끄러운 일은 아니지만……."

"너는 그런 거 소문낼 애도 아니고, 애들 나한테 그렇게까지 관심 없을 거야. 아, 맞아. 어제 너 주려고 샀어."

최선우가 비닐 봉투를 내밀었다. 기다란 플라스틱과 날클립이 함께 들어 있었다.

"네가 전에 말했잖아. 이건 어떻게 쓰는 거냐고. 어제 서점 갔다가 생각나서 문구 코너에서 샀어. 소형이라서 얇은 거 철하는 데 좋아. 끼우고 빼고 다 편해."

아마 지나가는 말로 물었던 것도 같다. 최선우는 스테이플을 쓰면 종이에 구멍이 나고, 유인물이 늘어나면 심을 빼서 새로 철해야 하기 때문에 날클립과 더블클립을 쓴다고 했었다. 비슷한 종류는 그냥 L홀더에 넣어서 보관하는 승민으로서는 생각해 본 적 없는 방법이지만.

"고마워, 잘 쓸게. 나는 생일도 아닌데……."

"수학 책 골라 줬잖아. 5등급 받아서 엄마도 엄청 기뻐하셨어. 엄마가 내 성적 보고 웃은 게 얼마 만인지 몰라."

미소 짓는 최선우를 바라보며 승민은 날클립을 잘 챙겨 넣었다.

방학은 순식간에 지나갔다. 2학기 첫날, 최선우는 조례가 시작되기 한참 전에 학교에 왔다. 방학 동안 최선우의 스케줄이 많이 바뀐 줄 알고 있는 승민은 최선우가 교실에 들어서자 웃으며 손을 흔들었다. 최선우도 빙긋 웃었다.

담임 선생님이 오기 전에 승민은 1학기 반장 마지막 일로 자리 뽑기를 했다. 최선우는 교탁에서 가까운 한가운데 자리를 뽑았다. 아이들이 조금 웅성거렸다. 일찌감치 그 옆자리를 뽑은 아이가 당황하자, 승민은 자기가 뽑은 창가 자리 제비를 들고 갔다.

"나 창가 자리, 6번. 바꿀래?"

"어, 진짜? 고마워!"

아이들이 분주하게 자리를 옮기자 최선우가 승민을 봤다. 승민은 가방에서 비닐 봉투 하나를 꺼내 거기 담긴 작은 플라스틱 통 여러 개를 책상 위, 최선우 쪽에 가깝게 올려놓았다. 10밀리부터 30밀리까지, 철사로 만들어 철판이 없는 더블클립이 종류별로 들어 있었다. 승민의 반장 역할이 끝났고, 두 사람의 2학기가 시작되었다.

시와 수필과
나와
만년필 세 자루

"왜 미적분을 안 듣고 확률과 통계를 듣는다는 거야? 너 이과 가라고 엄마가 그렇게 말했는데 과학도 안 듣고, 세계사에 정치와 법? 도대체 어쩌려고 그래?"

과목 선택 확인서를 앞에 펼쳐 놓고 끝없이 이어질 것 같은 엄마의 말에 인상을 찌푸렸다. 이과 문과는 이제 없지만 2학년부터 듣는 선택 과목을 기준으로 어차피 진로에 맞춰 반을 나눈다. 학교에서도 이과 문과는 없어졌다면서 '이게 예전 이과에서 듣던 과목이야.'라고 한다. 선택 과목을 고를 때 입시에서 어떤 전공을 준비할지 생각해야 하는 것도 사실이다. 하지만 고등학교도 원하는 데로 못 가게 하고서는 대학까지 그러라는 건 도저히 참을 수 없는 일이었다.

"나 이과 안 간다고, 엄마. 수학 7등급이 이과 간다면 다 웃어."

장기전이 될 싸움을 벌써 시작할 수는 없기에 일단 성적을 방패로 삼았다.

"학원 바꿀까? 과외는 어때? 중학교 땐 너 수학 A 받았잖아. 지금이라도 하면 올라갈 거야. 아직 2년이나 남았잖아."

"그땐 전교 평균이 80점일 때고, 지금은 40점이야. 문제 수준이 달라, 엄마. 학원 바꾼다고 될 일이 아니야. 나 수학 못해. 이과 못 가."

전교 평균 80점, 한 개만 틀려도 배점 높은 문제를 틀리면 반에서 5등 안에 들긴 어려운 시험. 전 과목 등수는 나오지 않았다. 중학교 때 A라는 평가는 상위 60퍼센트 안에 들어간다는 사실 외에는 그다지 알려 주는 게 없었다.

"못하는 게 어디 있어. 이과가 수학 잘해야만 가? 너 과학도 잘했잖아."

엄마도 중학교 때 평가 방식을 알고 있어서인지 전략을 수정했다. 그래서 나도 방향을 틀었다.

"엄마 아빠 다 문과잖아. 내가 이과일 리가 있어?"

엄마 말문이 막혔을 때, 아빠가 퇴근하는 문소리가 들렸다.

"아빠 국문과, 엄마 비서과. 콩 심은 데 콩 난다잖아. 그냥 문과 갈게, 응?"

"난 수학 못해서 문과 간 거 아니다. 네 엄마도."

이야기를 다 들은 것도 아닐 텐데 아빠가 소파 내 옆자리에 앉으며 끼어들었다. 아빠 이야기는 어렸을 때부터 할머니한테 줄곧 들었다. 그 시절에는 공부 잘하는 사람은 판검사 되는 게 제일 좋은 길이라고 해서 고등학교 문과 이과 비율이 반반이었다고 한다. 할머니는 아빠 성적표에서 1등 외의 숫자를 본 적도 없다고 했다. 아빠는 그 정도는 아니었다고 손사래 치지만. 어릴 때 성적표가 하나도 남아 있지 않아서 할머니의 말이 어느 정도 진실에 가까운지는 알 수 없다. 할머니가 하는 얘기는 아빠에 대한 자랑이기도 했지만 4년제 대학을 못 나온 엄마에 대한 책망이기도 했다. 없는 살림에 힘들게 대학까지는 보냈는데 잘난 아들 뒷바라지를 못 해 준 바람에 동사무소에서 일하다가 번듯한 대학도 못 나온 여자를 데리고 왔다고. 엄마는 할머니 앞에서는 별말 하지 않고 있다가, 엄마가 공무원 시험에 먼저 붙어서 아빠보다 호봉이 위였다고, 직원들 모두 엄마가 아깝다고 했다고 나에게만 몰래 덧붙였다. 할머니 앞에서 말해 봤자 싸움밖에 더 되겠어. 엄마는 한숨을 쉬었다. 그래도 네 할머니가 점잖으신 거야. 대학 이야기 말곤 안 하시잖아. 엄마는 그렇게 할머니와 싸우지 않는 이유를 말했다. 어렸을 때 친척들이 친정이 없는 엄마에 대해 수군댈 때면 할머니는 자기가 엄마한테 했던 말은 전혀 없었다는 듯, "갸가 그라고 싶어서 그래 났겠나. 사람 집 갖고 그러는 것처럼 못돼 먹은 게 읎다."라며 단칼에 잘랐다. 할머니가 아주 나쁜 사람은 아니라고 생각하는 이유는 그래서였다.

"어쨌든요. 저는 수학을 못해서 이과에 못 가겠습니다, 아버지 어머니. 부디 문과에 가는 것을 허락해 주십시오.”

“문과 간다고 할 때 왜 안 말렸냐 나중에 그런 말 하지 않는 거다.”

아빠가 말했다. 아빠가 더 강하게 말려 주길 기대했던 엄마는 불만스러운 표정이었지만, 솔직히 엄마도 이야기가 중학교 때까지로 거슬러 가는 걸 바라지는 않았을 거다.

“그 대신 문과 가서는 열심히 하는 거야. 엄마 아빠 월급 빤해서 너 다른 지방에서 자취할 비용까지 대 주긴 힘들다, 알지?”

중학교 때 내가 가고 싶어 한 학교를 못 가게 막은 이유 중에 하나가 그거라는 걸 이젠 안다. 전국에 몇 없는 예술고등학교는 학비 말고도 기숙사비며 방과 후 수업비까지 부담이었다. 농사로 스스로 생활비를 충당하는 건 할머니의 자부심이었지만, 한번씩 큰돈이 들어가는 병원비는 아빠가 맡아야 했다. 하지만 당시엔 그런 설명도 없이 튀지 말고 남들처럼 인문계에 가라고 하는 엄마 아빠에게 화나는 마음을 누르기가 쉽지 않았다.

부모님이 다른 집에 비해서 공부 압박을 많이 주는 편이 아닌 줄은 알고 있다. 영어 유치원에 다니지도 않았고, 학원 뺑뺑이를 돌다가 9시, 10시 다 되어서 집에 들어가는 초등학교 시절을 보내지도 않았다. 학교에서 하는 방과 후 교실에서 그림 수업을 듣든 논술 수업을 듣든 선택은 내 몫이었다.

다만 똑같은 문제가 한 페이지 가득 반복되는 수학 학습지를 풀어야 하는 건 정말 싫었다. 책상 뒤 틈새에 몇 장씩 숨겨 놓곤 했는데 내가 학교에 간 사이에 책상을 바꾸러 배달 온 가구점 아저씨가 학습지 수십 장을 발견하고 난처하게 웃었다는 이야기를 들었다. 그 뒤로 엄마는 매번 학습지가 몇 장인지 점검했다.

친구들 집처럼 거실 한 면이 책으로 빼곡하지는 않았지만, 엄마는 한 달에 몇 권씩 책을 선택해서 볼 수 있는 회원제 프로그램을 신청했다. 책은 재미있었다. 점점 읽고 싶은 책이 많아져 집 근처 도서관에서 도서 카드로 빌려 오게 됐다. '해리 포터'는 일찌감치 읽었다. 엄청 두꺼운 '나니아 연대기'를 읽은 게 3학년 때였다. 그러고는 우주 이야기에 빠졌다. 세상에는 재미있는 책이 너무 많았다. 4학년 때 백일장에 나갔다가 학교 대표로 뽑혔다. 첫해에는 초등부 3등을 했고 그다음 해에는 6학년까지 제치고 대상을 받았다. 유명한 작가가 상장을 주면서 아직 키가 작은 편이던 내 어깨를 토닥였다. '열심히 쓰세요.' 그 작가의 이름을 외워서 그 사람이 쓴 책을 모두 읽었다. 그리고 도서관 사서 선생님에게 비슷한 책을 추천해 달라고 부탁했다. 사서 선생님은 나를 볼 때마다 반갑게 새 책 목록을 건넸다. 그때부터 중학교 3학년 1학기까지가 가장 행복한 시간이었다.

엄마와 담판을 지은 다음 날, 한글날 백일장 결과가 나왔다. 나는 옆 반 이연서와 함께 도서부 선생님께 불려 갔다. 이연서가 시 부문 장원이구나. 나는 이연서가 산문 부문 장원이 나인 줄 눈치챘듯이 바로 알았다. 이연서는 다른 중학교 출신이라서 말을 많이 해 보진 않았지만 점심시간에 도서관에서 몇 번 얼굴을 본 적이 있었다. 사서 선생님과 즐겁게 이야기 나누는 모습도 봤다. 나는 동네 도서관 사서 선생님만큼 학교 사서 선생님에게 말을 걸지는 못했는데, 도서관에 커다랗게 적혀 있는 '판타지, 무협, 만화, 잡지 등은 신청할 수 없음.'이라는 문구 때문이었다. 학교에는 '해리 포터'도, '신과 함께'도 없었다.

"10월 마지막 토요일이야. B대 인문관에서 열리고, 주제는 현장 공고. 학교별로 두 명 신청할 수 있어서 너희 둘이 갈 거야."

도서부 선생님은 공문을 펴 보였다. '전국 고등학생 문예 백일장 개최 안내'라는 제목 아래에 10시부터 오후 4시까지라고 시간이 적혀 있었다. 지역별로 대부분 대학교 인문관에서 열렸다. 전국 대회인 만큼 참가자가 많아서 수상이 쉽지 않아 보였다.

"연서는 이번 결과 좋아야겠다. 아, 너무 부담 갖지는 말고."

선생님 말에 이연서의 표정이 조금 굳어져서, 나는 그게 무슨 의미인지 묻지 못했다.

주제는 '가을'이었다. 예상했던 글감 중 하나였지만 예상했다고 쓰기 쉬운 것은 아니었다. 고민하다가 중학교 3학년 때 입시 이야기를 썼다. 가끔 그럴 때가 있다. 모호했던 감정과 흐릿했던 기억이 글을 쓰다 보면 선명하게 실체를 만들어 내는 순간. 엄마와 고등학교 진학으로 싸웠던 일을 쓰다 보니 엄마가 내 선택을 유독 끝까지 반대한 적은 내가 기억하는 한 단 한 번, 고등학교 원서를 쓸 때뿐이었다. 어린이집에 종이로 만든 옷을 입고 가겠다고 우겨도 내 뜻을 꺾지 않고 결국 그렇게 보낸 엄마였다. 그리고 갑자기 언젠가 엄마한테 들었던 이야기가 떠올랐다. 아빠가 처음 해 보는 요리도 참 맛있게 하는 엄마에게 셰프가 됐어도 좋았겠다고 했던 날. 엄마는 토마토를 넣은 어묵탕을 아빠의 빈 그릇에 옮겨 담으며 유난히 쓸쓸했다고 한다.

　"먹고살아야 하는데 셰프는 무슨. 얼마 없는 독립 자금으로 살아남는 게 쉬운 줄 알아."

　엄마가 시설에서 나왔을 때는 고3이었다. 먼저 시설에서 독립한 진영 이모와 지내며 남들 수능 준비하는 동안 9급 공무원 시험공부를 했다. 자세하게 들려주진 않았지만 좁은 고시원 방에 둘이 함께 살아서, 피곤한 진영 이모를 깨우지 않으려고 이불을 덮어쓰고 공부했다는 말을 들은 적이 있다. 진영 이모는 고등학교 조리학과를 나와서 식당에서 일했는데, 이상한 손님들 탓에 고생을 많이 했다. 지금은 이모도 식당 주인이 됐지만 여전히 쉽지 않다는 이야기가 종종 들려왔다. 진영 이모는 남들 가는 길이 가장 안전한 길이라고, 공부 열심히 해서 꼭 공무원이 되라고 엄마를 격려해 줬다고 한다. 엄마가 예술고등학교에 가겠다는 나를 그렇게 말린 이유는 어쩌면 진영 이모 때문이었는지도 모른다.

내 손끝에서는 그 시절 엄마의 이야기가 써 내려져 갔다. 이모의 당부를 그대로 내게 물려준 엄마의 마음이 글로 그려졌다. 내가 대학에 가지 않고 공무원 시험을 치겠다고 하면 뭐라고 할까. 아마 엄마는 그때 이모와 똑같은 표정으로 나를 말릴 거라고, 글을 마무리했다.

내가 쓴 글이 3등으로 뽑혔다는 공문이 학교에 도착한 날, 도서부 선생님이 불렀다.

"이번에 1, 2, 4등이 모두 아람예고 학생들이네. 전국 대회 수상자는 인문계가 몇 명 없긴 하지. 3등이면 대단한 거야."

"이연서는 어떻게 됐어요?"

"시는 2등부터 5등까지 아람예고, 1등은 샘빛예고. 인문계는 없어."

선생님이 쓸쓸하게 말했다. 문예반이 없는 우리 학교에 글 쓰는 동아리는 교지 편집을 맡는 도서부뿐이다. 1학년 3월에 그해 새로 부임한 선생님이 '시와 소설 창작반'이라는 동아리를 만들었는데 이연서와 이연서의 절친, 두 명만 신청해서 결국 개설되지 않았고 선생님은 비어 있던 도서부 담당이 됐다. 이연서가 동아리 개설 요건인 8명을 채우려 꽤나 뛰어다녔지만 누가 봐도 입시와 관계없고, 그렇다고 편하게 쉴 수 있을 것 같지도 않은 동아리에 가입하겠다는 사람은 없었다. 그때 나는 열심히 가입을 권유하는 이연서를 보며 저렇게까지 시나 소설이 쓰고 싶다면 예술고등학교에 가지,라고 생각했다. 그러다가 나도 예술고등학교에 못 가서 여기 왔다는 사실을 떠올리고는 아주 잠깐이지만 이연서가 이 학교에 오게 된 이유가 궁금했었다.

"혹시 너도 문예창작과 지망이니?"

선생님이 물었다. 나는 잠깐 머뭇거렸다.

"아직 안 정했어요. 국문과나 사회복지학과로 갈 것 같기도 하고요."

"요샌 문예창작과도 과외나 학원 수업 들으며 준비해야 하니까 그쪽 생각하면 고민을 좀 해 봐. 문예창작과 간 선배가 있으면 내가 물어봐 줄 텐데."

"괜찮아요, 감사합니다. 참, 상장은 받으러 가야 해요?"

"1등은 시상식 참석이 필수인데 2등부터는 올지 안 올지 신청하라고 하네. 보자, S대에서 다음 주 금요일인데 어떻게 할래? 시상식 간다고 하면 인정 결석 처리는 할 수 있어. 참석 안하면 상장은 우편으로 보내 준다고 하고."

다음 주 금요일 시간표를 잠시 생각하다가 입을 열었다.

"안 가는 게 나을 것 같아요. 그날 확률과 통계 수행 평가 한다는 소문이 있어서요."

"불시에 퀴즈 본다는 과목이구나. 그래, 그럼 그렇게 공문 보낼게. 축하한다, 수고했어."

"감사합니다."

인사하고 교무실을 나오다가 문 앞에 서 있던 이연서와 마주쳤다.

"'전문백' 결과 나온 거지? 넌 수상했고."

'전국 고등학생 문예 백일장'의 줄임말인 줄 알아듣는 데 조금 시간이 걸렸다.

"아…… 응."

"너도 문창과 가려는 줄은 몰랐네. 중학교 때도 글 썼어? 너 도서 신청 많이 하는 건 알았는데. 좋겠다. 올해도 아람예고가 싹쓸이? 아니면 샘빛예고도 몇 명 있어?"

나는 이연서가 쏟아 내는 말을 듣고 있다가 고개를 저었다.

"야, 한꺼번에 너무 많이 물어보는 거 아니야?"

이연서가 뭐라고 말을 더 하려고 해서 나는 곧바로 말을 이었다.

"산문 부문은 나 말고 다 아람예고래. 운문 부문은 샘빛예고가 1등, 나머지는 아람예고. 그리고 난 아직 어디 갈지 잘 모르겠고, 중학교 때도 글 썼어. 책 읽는 거 좋아하는데 우리 학교는 판타지는 신청 안 받아서 동네 도서관에서 주로 빌려. 이제

다 대답했나?"

이연서가 나를 노려보고는 얼굴을 살짝 찌푸렸다.

"문창과도 안 갈 거면서 전문백은 왜 나가. 그거 바라고 준비하는 애들이 얼마나 많은데."

이연서가 조그맣게 중얼거렸다. 발끈했지만 교무실 앞에서 소리를 높였다가 선생님들이 나올지도 몰라서 못 들은 척 교실로 돌아왔다. 짝이 표정이 왜 그렇냐며 무슨 일이냐고 물었다. 나는 가만히 고개를 저었다. 어디 갈지 안 정했다고 했지, 문창과 안 간다고 한 건 아닌데 무슨 말을 그렇게 한담. 아니, 문창과를 안 간다고 하더라도 그런 말을 할 일인가. 애초에 내가 나가려 한 것도 아니고 학교에서 가래서 간 건데. 생각할수록 화가 나서 수업이 귀에 들어오지 않았지만, 화를 내 봐야 나만 손해다 싶어서 꾹 참았다. 어차피 뭐라고 하든 신경 쓰지 않으면 그만이다. 나는 그렇게 생각했다.

이연서를 다시 마주친 건 시립 도서관에서였다. '해리 포터' 시리즈와 같은 세계관의 소설이 나왔지만 학교에서는 신청을 받아 주지 않았다. 시립 도서관에는 이미 빌려 간 사람이 있어서 반납을 기다리던 참이었다. 금요일 이후에 찾아가면 된다는 연락에 신나서 도서관으로 향했다. 집까지 가는 시간을 참기 어려워서 책을 받은 김에 1층 북 카페로 갔다. 핫 초코를 사서 작은 쟁반에 받아 들었는데 토요일이라 빈자리가 얼른 눈에 들어오지 않았다. 볕이 잘 드는 창가에 앉아서 고개를 숙인 채 뭔가 열심히 적고 있는 이연서가 보였다. 제본 노트 앞에 얇은 책이 펼쳐져 있는 걸 보니 책을 옮겨 적고 있는 것 같았다.

인기척이라도 느꼈는지 고개를 든 이연서가 나를 보고 조금 놀랐다.

"자리가 없네. 나 책만 읽으려고 하는데, 앞에 앉아도 돼?"

이연서는 내가 들고 있는 책과 쟁반을 힐긋 보더니, 고개를 도로 숙이며 말했다.

"그러든지."

나는 핫 초코를 쟁반째 테이블 위에 놓았다. 북 카페라 테이블이 넓어 다행이었다. 이연서가 글씨 쓰는 데 방해될까 봐 책은 살짝만 걸쳤다. 이연서는 나를 신경 쓰지 않는 채, 노트에 한 자 한 자 차근히 글자를 옮겨 적고 있었다. 쓰고 있는 펜이 특이했다. 영화나 역사 드라마에서나 본 듯한 만년필이었다. 그동안 본 굵직하고 금박 줄이 들어간 화려한 모양이 아니라 얼핏 보면 볼펜이나 샤프로 보일 법한 단순한 디자인이었다. 반짝거리는 재질은 알루미늄 같기도 했는데 빛에 따라서 핑크 색으로도 자주색으로도 보여서 묘했다.

"만년필이야, 그거?"

"책만 읽는다며."

글씨 쓰기를 멈추고 이연서가 나를 보았다.

"미안, 계속 읽을게."

"만년필 맞아. 라미 알스타 라즈베리 한정판."

나는 고개를 들어서 이연서를 마주 보았다. 초등학생 때 엄마가 마음을 다스리라면서 펜글씨 교습에 보낸 적이 있었다. 21세기에 이런 데가 있나 싶은 공간에 바른 자세로 앉아서, 흐리게 인쇄된 글자 위에 만년필로 펜글씨를 썼다. 교습소에서 받은 첫 만년필은 바닥에 떨어뜨려 망가졌고, 꽤 오래 쓴 두 번째 만년필은 교습을 그만두고 언제부턴가 보이지 않았다.

"그게 회사 이름이야, 펜 이름이야? 어쨌든, 한정판이면 무지 구하기 힘든 거라는 뜻이지? 만년필 안 귀찮아? 잉크 다 닳으면 채워야 하고, 종이에 글씨 번지기도 하잖아? 그 노트는 안 번져?"

"한꺼번에 너무 많이 물어보는 거 아니야?"

이연서의 말에 나는 피식 웃었다.

"중학교 1학년 때 코딩 공부하다가 '라즈베리 파이'라는 초소형 컴퓨터 보드가 갖고 싶어서 일본에서 대학교 다니던 이모한테 방학 때 한국 오면서 선물로 사 달라고 했거든. 근데 국제 전화라 잘 못 들었나 봐. 이모는 만년필 마니아라서, 그전에 그렇게 만년필이 좋으면 나도 한번 써 보고 싶다고 한 적이 있거든. 그래서 만년필 이야기라고 생각했던 거지. 조카가 라즈베리 펜을 선물해 달라고 하니까 중학생이 쓸 만한 만년필 중에 이걸 골라서 갖고 왔어. 거기다 무슨 생각인지 M닙으로."

"라즈베리 파이? 컴퓨터?"

"그땐 프로그래머가 되고 싶었거든. 그러다가 시에 빠져서."

이연서의 말은 내 질문 중 어느 것에도 답이 되지 않았다. 오히려 묻고 싶은 말이 더 늘어났지만, 적어도 이연서가 그 만년필을 매우 아낀다는 것만큼은 알 수 있었다.

"만년필로 시를 옮겨 쓰면 더 좋아?"

질문을 신중하게 골라서 다시 물었다. 펜글씨 쓸 때의 기억이 흐릿하게 떠올랐다. 펜촉 각도를 너무 세웠다가 종이를 긁어서 잉크가 튀어 버리지 않도록 집중해서 글씨를 베껴 쓰던 기억.

"만년필은 아주 부드럽거든. 그래서 한 줄 한 줄 더 조심스럽게 쓰게 돼. 마치 붓을 잡은 것 같아. 시를 옮길 때도 한 자 한 자 정성껏 옮겨야 하니까."

그래, 이연서의 말대로 꼭 붓글씨를 쓰는 것과 닮았다. 이연서가 웃었다. 아, 저렇게 웃을 줄 아는 애였구나. 나는 이연서의 웃는 모습을 처음 봤다는 사실을 깨달았다. 선생님이 대회에서 결과가 좋아야겠다고 했을 때나, 내가 상을 타고도 문창과에 갈지 모르겠다고 했을 때나, 이연서는 무표정하려 애썼지만 분명히 화난 얼굴을 하고 있었는데.

"상 탄 거 축하해."

이연서가 덧붙였다. 나는 어색하게 마주 웃었다.

"고마워."

"만년필, 별로 안 불편해. 저녁에 열어 보고, 잉크 얼마 안 남앗으면 넣고. 한번 채우면 며칠은 가거든. 종이는 좀 가리지만 이 노트에는 괜찮아. 이 색 만년필은 한정판이라서 이제 못 사는데, 다른 색은 지금도 나와."

그렇게 대답하며 이연서는 한 번 더 웃었다. 그래서 난 충동적으로 묻고 말았다.

"나도 만년필 하나 갖고 싶다. 네가 골라 줄래?"

다음 날인 일요일, 이연서와 지하철역에서 만났다. 역에서 이어지는 대형 서점 문구 코너를 가려나 했지만 이연서는 출구 바깥으로 나와 시장 안쪽으로 한참 들어갔다. 입구는 그렇게 넓어 보이지 않던 오래된 가게에 불쑥 들어서자 내부가 넓었다. 이연서를 따라 커다란 진열대가 늘어선 곳으로 향했다. 천장에 '만년필 시필 코너'라고 적힌 안내판이 매달려 있었다.

"네가 민진이구나? 반가워. 나 연서 이모야. 만년필 쓰고 싶다고?"

"안녕하세요. 연서가 말 안 해 줘서 이모님 뵐 줄 몰랐어요."

이연서의 이모가 엷게 웃었다. 이연서보다 좀 더 선이 굵고, 날카로운 인상이던 얼굴에 웃음기가 어리자 두 사람이 닮았음을 바로 알 수 있었다.

"평소에 펜을 눌러 쓰는 편이니?"

"아뇨. 눌러 쓰는 거 싫어해요, 팔 아파서. 샤프심도 2B만 쓰고요."

"굵은 심이 좋아, 가는 심이 좋아? 0.7, 0.5 어느 쪽?"

"어…… 색깔 있는 건 0.38 쓰고 검정색은 0.7 쓰는데요."

내 말에 이연서와 이모가 함께 웃었다.

"그럼 유럽 펜은 F, 아시아 펜은 MF려나. 자, 이거 한번 써 볼래? 볼펜보다 살짝 눕혀서 쓰는 게 좋아. 일단 쥐어 볼래?"

나는 연서 이모가 내민 펜을 건네받았다. 이연서가 쓰던 펜과 닮았는데 알루미늄이 아니라 플라스틱이었다. 펜글씨를 배울 때 쓰던 펜보다는 조금 굵었지만 손도 그만큼 자랐는지 쥐기 불편하진 않았다.

"만년필 써 본 적 있어? 잘 쥐네?"

"펜글씨, 어렸을 때 잠깐 배웠어요. 오랜만에 써 봐요."

이모가 웃으며 종이를 내 앞에 놓았다. 엷은 아이보리색 종이는 펜글씨를 배울 때 썼던 종이보다 얇아 보여서 걱정이 됐는데 써 보니 잉크가 번지지도, 펜촉이 긁히지도 않았다. 진한 검은색 잉크가 부드럽게 선을 그었다. 하도 오래전이라 기억나지 않을 줄 알았는데, 이 촉감은 그때와 달랐다. 부드럽다기보다 매끄러움에 가까운 느낌. 사인펜과 볼펜 사이 어딘가. 1밀리 볼펜과도 또 다른 매끈한 감촉이었다.

"조금 굵은가? 어떠니? 느끼는 대로 말해 주면 돼."

"아, 굵지는 않은데 약간…… 미끄러워요. 저는 조금 더 쓰는 촉감이 있는 편이 좋은 것 같아요."

이모가 내게서 처음 만년필을 가져가고, 다른 만년필을 건넸다. 이번엔 한층 '만년필'이라는 단어에서 떠올릴 법한 생김새였다. 전체적으로 유선형인 몸체 위아래에 금박이 둘러져 있고 클립도 금색이었다. 비싸 보이기도 하고, 이걸 들고 다니면 진짜 '나 만년필 쓴다.'라고 교탁 앞에서 외치는 셈이 될 것 같다고 생각했을 때, 이모가 빙긋 웃었다.

"이건 고등학생이 쓰긴 좀 부담스럽겠지? 굵기랑 필기감 확인하려는 거야. 이 회사에도 학생들 편하게 쓸 디자인이 있는데 그 펜은 시필용이 없어서."

펜을 받고 조심스럽게 똑같은 식으로 선을 그어 보았다. 미끄럽지 않게 종이 위에 글씨가 쓰이는 느낌이 손으로 전해졌다. 아, 이게 확실히 아까 것보다 좋아. 속으로 생각하며 고개를 들었더니 이연서와 이모가 웃고 있었다.

"그럼 이거랑 필기감 비슷한 펜으로 가져와 볼 테니까, 디자인을 골라 보렴."

이모는 진열대 위에 여러 모양의 펜을 죽 늘어놓고는 하나씩 뚜껑을 열어서 내게 건넸다. 글씨를 써 볼 수는 없지만 쥐었을 때의 느낌은 알 수 있었다. 나는 한참을 고민하다가 하늘색과 연두색 중간쯤인 듯한 색깔의 육각형 만년필을 골랐다. 무겁지 않고, 쥐었을 때 너무 굵거나 가늘지도 않고, 몸체도 직선으로 깔끔했다. 펜 뚜껑을 열 때 돌리지 않고 당겨서 뺄 수 있다는 점도 좋았다. 무엇보다 이걸 쓰고 있다고 '너 그거 뭐냐.'라고 물어볼 애는 없을 것 같았다.

"와, 이모가 잘 나왔다고 말한 그거 맞지."

"그렇다니까. 가격도 꽤 괜찮게 나왔어."

이모가 가격표를 가리켰다. 큰맘 먹고 챙겨 온 용돈을 남겨 갈 수 있는 액수였다. 이모는 펜 상자와 포장을 꺼내고는 잉크 넣는 법, 카트리지 쓰는 법을 차분히 설명해 주었다. 이연서는 이모 옆에서 한마디씩 거들며 조금 들뜬 듯 보였다.

집에 온 내 표정을 보더니 엄마는 재미있는 영화라도 봤느냐고 물었다. 일주일 용돈인 2만 원도 넘는 돈을 들여서 펜 한 자루를 사 왔다고 말하기가 좀 그래서, 그냥 친구랑 수다 떨고 문구점에 다녀왔다고 둘러댔다. 엄마도 어렸을 때 문방구 구경이 그렇게 즐거웠다고 말하곤 했던 터라 내가 뭘 샀는지까지 참견하지 않았다.

얼마 뒤, 학교에 상장이 도착해 전체 조례 시간에 강당에서 단상에 올랐다. 모두가 아무 생각 없이 박수를 치는 줄은 알고 있지만 박수 소리를 들으며 단상에서 내려오는 순간은 꽤 기분이 좋았다. 박수 치는 사람들 중에 얼핏 이연서의 얼굴이 보였다. 표정을 보면 축하한다는 말이 거짓말은 아니었다.

퇴근한 엄마 아빠와 저녁을 먹고 나는 상장과 만년필을 소파 탁자 위에 놓았다.

"상 받았어. 전에 나갔던 대회. 문창과 가려는 애가 이거 큰 대회래. 나 말고 상 받은 사람 다 아람예고였고."

"정말 문예창작과 가려는 거야? 작가 되겠다고?"

엄마가 말했다. 아빠가 갑자기 일어났다. 불편한 자리를 피해 버리는 것 같아서 조금 화가 났지만, 먼저 엄마부터 설득하기로 했다. 2대 1보단 1대 1이 낫고.

"엄마 걱정은 알겠는데 인문계 왔어도 마음이 안 바뀌어. 딴애들처럼 과외 받으면서 준비해 온 것도 아니고, 시간 많이 없어서 지금부터 준비한대도 잘 안될 수도 있어. 그래도 나, 일단 해 볼 거야. 수시에서 다 안되면, 그땐 엄마 말대로 할게. 내가 하고 싶은 거 열심히 노력해 볼 테니까, 한번 믿어 주면 안돼?"

"전국에 문예창작과 졸업생이 몇인데, 이름 알려진 작가가 얼마나 돼? 그 안에 드는 게 보통 일이겠니? 꿈꾸는 거 좋지. 그런데, 굶으면서 할 수 있어? 엄마 아빠가 너 뒷바라지 언제까지 할 수 있을 것 같아?"

엄마의 말 사이사이로 한숨이 섞였다. 엄마는 중3 때도 비슷한 이야기를 했다. 그때는 혹시나 고등학교 가서 이 길이 아닌 것 같으면 어떻게 하느냐 걱정도 있었다. 지금 네 마음이 몇 년 뒤에도 변함없다고 상담할 수 있겠냐고. 나는 그 말에 대답을 못 했다. 중3 때 나는 그랬다.

"연서, 나랑 대회 같이 나간 애거든. 개랑 만년필 사러 갔었어, 지난 토요일에. 이거."

엄마가 만년필을 내려다보더니 내 얼굴을 봤다. 그때 아빠가 다시 거실로 나와 소파에 앉았다.

"글 쓰는 게 좋아, 엄마. 펜글씨 배울 때처럼 정해진 글씨 쓰는 거 말고, 머릿속에서 나온 글을 종이에 쓰는 게 좋아. 똑같이 만년필로 써도, 내 글을 쓰면 내가 종이 위를 걷고 있는 것 같아. 종이랑 나랑 펜이 하나가 돼서, 내 이야기가 그 사이에 나타나. 그 기분이 너무 좋아. 절대 싫어질 것 같지 않아. 잘 안 될지도 모르지만, 그래도 내가 이렇게 좋아하는 거 하고 싶어."

"과외 받는 애들 많다면서. 이번 대회도 예고 애들이 휩쓸었다면서. 힘들 텐데, 그래도 하고 싶은 거야?"

아빠가 물었다. 자리를 피하는 줄 알았더니 계속 듣고 있었나 보다.

"해 볼래. 중학교 땐 혼자였지만, 지금은 같이 꿈꾸는 친구도 있어. 괜찮아."

엄마가 한숨을 쉬었다. 아빠가 품에서 조그만 상자 하나를 슥 꺼내서 열었다. 엄마가 놀라 아빠를 보았다.

"내가 대학 합격했을 때 할아버지가 선물로 주셨는데, 한 번도 안 쓴 거다. 할아버지가 아빠 군대 있을 때 돌아가셔서 그 뒤로 계속 못 쓰고 갖고만 있었어."

나는 아빠 눈치를 잠시 보다가 만년필을 집었다. '나 만년필이오.' 외치는 듯한 유선형의 새까만 만년필. 위아래 금박 테두리에, 뚜껑 맨 꼭대기에는 새하얀 눈송이가 자리 잡은 만년필은 내 것보다는 크고 연서의 라미보다는 조금 짧았다.

"이 펜 네가 써라. 난 무거워서 못 쓰겠으니 글 쓰는 사람이 쓰는 게 좋겠다."

나는 아빠의, 할아버지의 만년필을 손에 쥐었다. 대학 학비 대기도 쉽지 않았다는 할아버지가 들뜬 마음으로 고르셨을 만년필. 아빠가 느낀 무게가 내게도 고스란히 전해지는 듯했다.

"아빠가 맡아 줘. 작가 되면 첫 계약서 이 펜으로 서명할게."

말을 하고 나니 출판 계약서도 드라마나 영화에서 본 것처럼 만년필로 서명을 하는지, 서명이 아니라 도장을 찍는지 헷갈렸지만, 그건 아무래도 상관없을 것 같았다. 기분 좋은 표정을 짓는 아빠와 어이없어 하면서도 웃는 엄마를 보면, 오늘의 담판은 분명 내가 이긴 모양이니까.

점착 메모지는
격자무늬 노란색으로

유난히 선명하게 기억나는 어린 시절 꿈이 있다. 배경은 내가 어렸을 때 살았던 아파트 현관이다. 유치원 단짝과 놀이터에서 놀다 돌아와 막 문을 여는데, 엄마와 아빠가 놀란 눈으로 현관에 서 있는 사람을 본다. 엄마보다 훨씬 앳된 아줌마가 어린애의 손을 잡고 있다. 얘가 혜민이에요, 아빨 많이 닮았죠, 아줌마가 말한다. 이건 꿈이다. 엄마도 아빠도 집에 있기 때문이다. 아빠는 KTX로 세 시간이 걸리는 도시에서 일하니까. 하지만 꿈속의 아줌마가 한 말은 틀린 말이 아니다. 혜민이는, 나랑 두 살 차이인 내 동생은, 아빠를 정말 많이 닮았다.

소개로 엄마를 만났을 때만 해도 아빠는 대구에 살았다. 할아버지 할머니가 결혼 전에는 부모 밑에서 사는 게 맞는다고 생각했기 때문이다. 자녀 교육을 고려하면 일찍 퇴근하고 방학도 있는 교사가 최고라고 믿은 할아버지 할머니와는 달리 아빠는 자길 가르치려고 드는 여자는 질색이라고 맞선에서 만난 교사들을 전부 퇴짜 놓았다며 자랑스럽게 말했다. 엄마는 공무원이었다. 육아 휴직을 쓸 수 있고 퇴근도 정시에 하며 정년이 보장되고, 무엇보다 사람 무서운 줄 아는 직업이라고 할아버지 할머니를 설득했다고 한다. 할아버지 할머니는 외할아버지가 일찍 돌아가셨다는 것 때문에 안 내켰지만 처음 엄마가 집에 왔을 때 인상이 수더분하고 손이 거칠어서 눈에는 안 차도 남편 섬길 줄은 알겠다며 받아들였다.

결혼 1년 후에 아빠는 충청도 쪽으로 발령이 났다. 엄마는 지방직이어서 아빠 근무지로 갈 방법이 없었다. 나를 낳고 출산 휴가와 육아 휴직 기간에 엄마는 아빠와 함께 지내다가 대구로 돌아왔고, 그 이래로 줄곧 주말부부로 살았다.

아빠는 한 달에 두 번 대구로 왔다. 나머지 주는 엄마가 아빠 집으로 갔다. 마지막 주에는 대개 두 분이 함께 할아버지 할머니 집으로 갔다. 중학교 3학년 때까지는 나도 혜민이와 따라갔다. 막 고등학교 원서를 쓸 무렵이었다.

"요샌 공고 상고 중에 졸업하면 바로 취직시켜 주는 데가 있다던데?"

할아버지는 엄마를 빼닮은 나를 별로 좋아하지 않았다. 싹싹하지 않고 애교도 없다는 이유였지만, 순하긴 해도 애교가 있는 편은 아닌 혜민이를 대하는 걸 보면 다 핑계였다.

"마이스터고등학교요? 전 공부해서 과학자 될 거예요."

"가스나가 공부해서 뭐 하게? 여자가 공부 많이 하면 결혼하기만 어렵지. 공부하는 돈은 다 누가 대노? 느그 아버지 등골 빼묵을라고?"

할아버지 말에 나는 조금 큰 사고를 쳐 버리고 말았다.

"공부 많이 해서 결혼 못 하겠다는 남자랑 결혼 안 하면 되죠. 아니 뭐 꼭 결혼해야 하는 것도 아니고. 엄마 공무원이니까 대학 학비 융자도 나오는데 아빠 등골이 왜 빠져요?"

중학교 고등학교는 무상 교육인 데다 학원비도 엄마 월급에서 나가는데 말끝마다 아빠 힘들게 한다는 소리를 들어온 게 그날 터져 버린 거다.

"가스나가 말하는 꼬라지 봐라! 돈 안 벌고 박사까지 공부하면 누구 돈으로 살 긴데?"

할머니가 버럭 끼어들었다. 설거지하느라 부엌에 있던 엄마가 깜짝 놀라 뛰어나왔다. 난처해하는 엄마를 봐선 말을 멈춰야 했겠지만, 난 어차피 애교 없는 엄마 딸이다. 이미 미움받는 처지가 더 나빠질 걱정도 없다.

"아르바이트 열심히 하든지 장학금 주는 곳 찾아보죠. 뭐 아직 한참 남았는걸."

"저, 저 저노무 가스나가. 야야, 니는 딸내미 교육을 어떻게 시키 갖고 이런 소리를 해 쌓노? 어른 말에 따박따박 말대답하는 거 좀 봐라!"

"물으시니까 대답했는데 대답하지 말아요?"

"지민아!"

엄마가 말렸지만 나는 끝내 사과하지 않았다.

내가 어릴 때부터 할아버지 할머니는 엄마가 몸이 약해서 아이를 더 낳을 수 없다며 흠잡았다. 아빠는 삼 형제 중에 가운데였는데 큰아버지는 캐나다, 작은아버지는 중국에 살아서 명절이고 주말이고 찾아오는 자식은 아빠밖에 없었다. 큰아버지네가 아들 하나 딸 하나, 작은아버지네는 아들 둘 딸 하나니 우리 집이 딸뿐이래도 할아버지 대가 끊어질 일은 아닌데 아빠 밑에 아들이 없는 게 그렇게 치욕이라고 했다. 엄마가 외동딸이니 원래 자식 복이 없는 집이라고, 아빠가 아들을 두지 못한 게 다 엄마 때문이라고 지겹도록 말했다. 중학교 1학년 때는 염색체에 대해서 배운 김에 아들딸은 아빠 성염색체로 정해진다고 했다가, 되바라진 것이 어디 부끄러운 줄 모르고 흉한 말을 입에 올리느냐고 몇 달 동안 할아버지 집에 출입 금지 당한 적도 있었다.

이번에는 더 길었다. 2년이 되어 가도록 할아버지는 내가 사과하기 전까지는 집에 발을 들이지 말라고 했고, 나는 그 말을 따랐다. 내가 미안한 사람이 있다면 내 몫까지 할아버지 할머니 이야기를 들어야 하는 엄마와 혜민이뿐이었다.

사실 그때 꼭 그 말을 할 필요는 없긴 했다. 마이스터고는 기숙사 생활을 해야 한다고만 해도 딸내미가 어디 집 밖에서

잠을 자느냐고 풀쩍 뛰었을 테니까. 혜민이는 2년 동안 혼자 세뱃돈 받는 걸 미안해하며 나와 나누려 했지만, 내가 그 돈을 어떻게 나눠 받겠나. 그냥 설날 없어진 셈 치고 말지.

"혹시 빨간 볼펜 심 있어?"

혜민이가 방문을 빼꼼 열고는 물었다.

"멀티 펜 심? 있어."

나는 서랍에서 빨간 볼펜 심 하나를 꺼내서 혜민이에게 다가갔다.

"요즘 중학생들은 탭으로 필기하고 그런다던데, 노트 정리 또 새로 하고 있어?"

"취향 차이입니다, 존중해 주시죠."

혜민이가 장난스럽게 웃었다.

"점착 메모지 하나랑 교환 어때?"

"어느 거? 젤 큰 건 여분이 없어."

"보고 고를게. 큰 거 아니라도 돼."

혜민이 방으로 같이 갔다. 검정 빨강 파랑 초록을 고루 쓴 필기가 빼곡하고 곳곳에 점착 메모지까지 덧붙인 교과서가 펼쳐져 있었다. 한참 정리하는 중인 노트 위에는 분해한 4색 멀티 펜과 다 쓴 빈 빨간 심이 보였다.

"네 노트 탐내는 사람 진짜 많겠다."

혜민이는 대부분의 과목을 수업 중에 책에다 필기했다. 여

백이 부족하면 점착 메모지를 붙였다. 그리고 집에 와서 책의 필기를 노트에 옮겨 적었다. 수학처럼 처음부터 노트에다 필기하는 과목은 노트를 덮어 두고 새로 풀었다. 동생이지만 참 신기한 애였다. 엄마가 태블릿과 태블릿용 펜도 사 줬는데, 필기는 여전히 노트에다 했다. 외모는 아빠를 닮았지만 이건 도저히 아빠를 닮았다고는 할 수 없다. 아빠는 악필인 데다 글씨 쓰는 걸 싫어하는 사람이니까.

"잠깐만, 메모지 보여 줄게."

서랍에서 점착 메모지가 잔뜩 나왔다. 탁상 달력 한 칸만큼 작은 크기도 있고, 인덱스로 쓰는 폭이 좁은 종류도 있다. 가로세로 5센티 너비의 네 가지 색 메모지는 전부 몇 장 안 쓴 듯 두께가 꽤 도톰했다. 우리나라 지도가 그려진 것, 반투명하게 비치는 것, 그리고 펼쳐 둔 교과서에 붙어 있는 제일 큰 것. 노란색에 격자무늬가 그려진 이게 혜민이가 말한 '제일 큰 것'인가 보았다.

"지도 그려진 것도 있네."

"응, 역사랑 사회 수업 필기할 때 가끔 써."

한국 지리 수업에서라면 요긴하게 쓰일 것 같지만 나는 지리는 아예 안 듣는다. 한국사 수업에 쓸 수 있을까. 지금은 현대사 부분이라서 지도 그릴 일이 없다.

"반투명한 건?"

"그건 교과서에 있는 그림 베껴 그릴 때 편해."

혜민이는 초등학생 때부터 필기를 열심히 했다. 학교 공개 수업이면 다른 엄마들에게 혜민이는 누굴 닮아서 저렇게 필기를 잘하느냐고, 엄마가 공무원이라 딸도 꼼꼼한 모양이라는 얘기를 들었다. 혜민이는 공부 잘한다는 칭찬보다 그게 더 좋았는지, 학년이 올라갈수록 노트 정리에 더 시간을 들였다. 예쁘게 정리하는 게 목표가 아니라 공부할 때 알아보기 쉽도록 쓴다고 했다. 펜 색을 빠르게 바꿔 가며 필기하는 모습을 옆에서 보면 그 말이 맞는 것 같았다. 애들이 좋아한다는 새로 나온 색들은 아예 쓰지 않았고 점착 메모지도 종류별로 용도를 구별해 썼다.

"그럼 나 반투명한 거 하나. 교과서 그림 베낄 때 좋겠다."

"응, 편할 거야."

볼펜 심보다 비싸 보이는 점착 메모지 한 팩을 건네며 혜민이가 웃었다. 그 무섭다는 중2 때도 반항 한번 안 하고, 할아버지 할머니 말에도 화내는 법이 없는 혜민이. 할아버지 할머니는 아빠를 꼭 닮은 얼굴에다 순하디순한 혜민이를 더 예뻐한다는 사실을 숨기지 않았다. 내가 기억하는 한 우리 둘은 싸워 본 적도 없다. 얼굴만 닮았지 성격은 아빠도, 엄마도, 나도 닮지 않은 우리 순둥이 동생 혜민이.

"언니, 원…… 강원도 가 본 적 있어?"

혜민이가 책상에 도로 앉다가 물었다.

"강원도? 외할머니 돌아가셨을 때 가고는 안 갔잖아. 나 여섯 살 때. 그 전에도 갔을 것 같은데 기억은 안 나지만."

"외할머니 돌아가셨을 때?"

혜민이의 얼굴이 조금 굳어졌다.

"너 네 살 때라 기억 안 나려나? 엄마 고향이 강원도 속초잖
아. 할머니도 속초 계셨고. 장례 치르고 절에 모시고 나서는 안
갔어."

"난 안 갔나 보다."

혜민이가 어색한 표정을 짓더니 머쓱하게 웃었다.

"강원도는 왜?"

"어, 아니야. 그냥, 강원도 음식이 맛있대서."

"음식 맛있는 데는 전라도 아냐? 강원도 음식도 맛있나? 잘
기억 안 나네. 이거 고마워, 잘 쓸게."

혜민이의 방문을 닫고 내 방으로 돌아왔다. 생물 시간에 세
포나 지구과학 시간에 지층 구조를 옮겨 그리기 좋을 것 같았
다. 혜민이 덕분에 나도 노트 필기를 못한다는 소리는 들어 본
적이 없었다. 다음에 서점에 가면 문구 코너에서 새로 나온 점
착 메모지를 찾아보고 볼펜 리필 심도 더 사 와야지. 혜민이가
좋아할 만한 게 있으면 좋겠다고 생각했다.

추석이 되자 할아버지는 웬일로 명절이니 지민이도 함께 오
라며 선심을 썼다. 아무리 기다려도 내가 사과를 할 것 같진
않아서 그랬는지, 혜민이 본을 좀 보라며 한마디 하고 싶어서

그랬는지, 아니면 차례 상차림을 거들지 않는 내가 도리어 득을 보고 있다고 생각해서 그랬는지 궁금했지만, 할아버지 집에 도착하자 바로 상황을 이해했다. 낯선 남자 구두 한 켤레와 280밀리는 되어 보이는 커다란 운동화가 현관에 있었다.

"저희 왔어요, 어머님 아버님."

엄마와 인사하면서 들어서자 거실에 앉아 있는 사람들이 눈에 들어왔다. 몇 년 만에 한국에 온 큰아버지와 사촌 오빠였다. 캐나다 휴일은 한국과 달라서 설에도 추석에도 시간 내기 어렵다며 사촌 형제들이 안 온 지는 10년이 넘었고, 큰아버지가 마지막으로 들어온 지도 몇 년은 지난 것 같은데 웬일이람. 의아해하면서 꾸벅 인사를 했다.

"야, 지민이 너 클수록 제수씨 판박이네. 어째 넌 너거 아빠 한 개도 안 닮았노?"

큰아버지가 몇 년 전에 했던 말이 어제 일처럼 생생하게 떠올랐다. 제수씨 유전자가 엄청 강한갑다, 이산가족 되면 아빠 찾겠나? 엄마는 찾겠다. 할아버지 할머니의 아군이 두 명 늘었다.

"우리 다니엘, 창민이 이번에 대학원 가서, 대학 때보다는 좀 여유가 생겼거든. 창민이 대학 얼마나 명문인지 알재? 교수님이 대학원을 꼭 가야 된다꼬, 니 같은 인재는 꼭 공부를 더해야 한다꼬 캐서. 참 힘든 공부긴 한데, 대학 다닐 때보다는 쪼매 한가해서, 큰아버지도 휴가 내서 식구들 얼굴 보려고 왔다."

사촌 오빠가 오지 않았을 때도 큰아버지는 창민 오빠가 간 학교가 얼마나 대단한 곳인지 자랑했었지만, 어차피 외국 학교가 얼마나 좋은 곳인지 내가 알 리 없다.

엄마가 곧장 앞치마를 두르고 나왔다. 나도 혜민이도 엄마 옆으로 갔다. 저녁을 먹고 엄마와 내가 설거지를 하는 동안 혜민이는 과일을 깎았다. 혜민이는 손이 야무져서 초등학생 때부터 나보다 훨씬 과일을 잘 깎았다. 엄마는 혜민이가 과일을 깎는 걸 안 좋아했지만, 할머니는 꼭 혜민이를 시켰다. 부엌에서 설거지하느라 엄마와 내가 자리를 비우면 아빠와 닮은 얼굴들로 가득한 평화로운 풍경이 펼쳐질 법하다. 부부는 오래 살면 닮는다더니 할아버지와 할머니는 많이 닮았고, 아빠는 그 두 사람을 닮았다. 큰아버지도 창민 오빠도 할아버지를 닮았다. 큰아버지 말을 빌리자면 유전자의 힘이 참 강하기도 하다.

"그래, 혜민이가 올해 중3 맞나?"

큰아버지가 물었다. 혜민이가 예, 하는 소리가 들렸다.

"고등학교는 정했나?"

"마이스터고 가려고요. 대학 안 가고 취업하고 싶어서."

엄마의 동작이 멈췄다. 나도 놀라서 돌아보았다. 이제까지 어느 고등학교에 가겠다고 말한 적이 없어서 나도 엄마도 혜민이가 당연히 인문계 고등학교로 갈 줄 알았다. 별로 예쁘진 않아도 여름엔 티셔츠에 반바지, 겨울엔 후드 점퍼인 우리 교복은 다른 학교보다 훨씬 편해서 혜민이도 우리 학교에 오면 좋겠다고 생각했다. 우리 둘이서 같은 교복을 입은 모습을 상상하기도 했었다. 설마 할아버지가 나한테 마이스터고 가라고 한 말에 신경을 쓴 걸까. 아니면 내가 계속 공부하고 싶어 하니까 자기는 포기하겠다고 마음먹은 걸까.

"마이스터고면 어디? 여 안에 세 개 있다 안 했나? 농고하고 공고랑 어, 그 콤퓨타 한다는 데."

할머니가 말했다. 내가 고등학교 원서를 쓸 때 할아버지가 이야기했던 학교들이었다.

"의료 마이스터고등학교가 강원도에 있어요. 거기 가려고요. 전국에서 모집한대요. 전원 기숙사 생활이고 여학생도 많아요."

"의료면, 졸업하고 간호사 되는 기가? 머 할라꼬 강원도까지 가노? 니가 와 집 놔두고 벌써러 나가 산단 말고?"

할아버지는 나에게 했던 것과 닮은 듯 다른 말로 되물었다.

"전국에 의료 마이스터고등학교가 거기밖에 없어요."

혜민이는 나처럼 화내지 않고, 목소리도 높이지 않고 차분하게 말을 이었다.

"집에 가서 이야기하자. 그만해라."

아빠가 대화를 정리했다. 아빠는 혜민이가 깎은 과일을 먹는 내내 '나 화났으니 건드리지 마시오.'라고 써 붙인 얼굴이었다. 아들 자랑을 하고 싶어 하던 큰아버지는 아빠가 화나면 형

이라도 먹살을 잡을 사람인 줄 알기에 입을 닫았다. 사촌 오빠
는 부엌으로 와서는 물색없이 나보고 외동딸 아니었냐고 묻다
가 혜민이가 들어오자 자리를 떴다.

"딴말 말고 인문계 가라. 성적 때문에 못 가는 거 아니면. 가
서 열심히 공부해서 교대 가든가, 공무원 시험 치든가."

아빠는 집에 오자마자 소파에 기대앉으며 말했다. 혜민이는
늘 그랬듯이 소파 테이블 옆, 아빠 자리 바로 앞 마룻바닥에
앉았다.

"마이스터고 성적 나쁜 애들 가는 데 아니에요, 아버지."

참 어른스럽다고 생각했던 아버지라는 호칭이 유달리 아빠
와 거리를 두는 것처럼 들렸다. 혜민이는 초등학생 때부터 아
빠를 아버지라고 불렀다. 몇 학년부터였더라? 아빠라고 부른
적이 있었나? 기억나지 않았다.

"그래 간호사가 되고 싶으면 인문계 가서 해라. 전문대도 있
고, 4년제도 있는데 뭐 하러 거길 갈라 카는데? 아니면 충청도
에는 마이스터 없나? 아빠 집에서 다닐 수 있는 데로. 그라믄
기숙사 안 가도 되잖지."

"전국에 의료 마이스터고등학교 거기밖에 없고요, 의료 마
이스터고는 간호사 되는 데가 아니에요. 의료 기기, 소프트웨
어, 약품 개발 그런 쪽으로 취업해요."

"대학 가서 하라고! 여태 말 잘 듣다, 갑자기 와 이카는데!

강원도? 니 강원도 갈라꼬 그러는 거 아이가, 어?"

아빠가 버럭 소리쳤다. 혜민이는 고개를 조금 숙인 채로 가만히 있다가 말했다.

"엄마 고향이라서요?"

"이기!"

돌연 일어선 아빠의 손이 쌩 바람 소리를 냈다. 혜민이가 풀썩 옆으로 쓰러졌다. 엄마가 깜짝 놀라 혜민이를 감싸 안고는 혜민이와 아빠 사이를 막았다.

"왜 애를 때려요! 애가 여태까지 얼마나 숨죽여 살았는데! 당신이 뭐 잘났다고 애를 때려!"

아빠가 씩씩대며 엄마를 노려봤다. 이 장면을 언젠가 본 것 같은 느낌이 들었다. 아, 그래, 그 꿈속에서였다. 엄마가 누군가를 감싸며, 아빠를 노려보며, 저렇게 말했다. 당신이 뭐 잘났다고 이 사람을 때려! 거기, 엄마보다 앳된 아줌마가, 그리고 혜민이가 있다. 나보다 두 살 어린 내 동생은, 그 아줌마의 옷자락을 붙들고 서 있다. 혜민이는 울지도 않는다.

아빠는 엄마가 자신에게 덤빈다며 다시 손을 올렸지만 내 손에 막혔다. 아빠가 소리를 질렀지만 나도 제정신이 아니었다. 나도 뭔가 아빠한테 소리를 질러 댔는데, 참으로 편리하게도 기억이 나질 않는다. 아빠는 씩씩대며 아빠 집으로 돌아간다며 나갔다. 아빠가 한 말이나 내가 한 말이나 제대로 기억나지 않지만, 확실히 기억에 남은 장면은 있다. 엄마가 혜민이의

빨개진 뺨을 쓰다듬고, 금방이라도 울 것처럼 나를 불러서 함께 끌어안던 순간. 엄마가 떨리는 목소리로 하던 말. 혜민아, 지민아. 내 딸, 내 이쁜 딸들, 내 이쁜 새끼들. 엄마가 다 막아 줄게, 내 딸들.

그날 이후로 아빠는 대구에 오지 않았고 엄마도 아빠의 집에 가지 않았다. 나뿐만 아니라 엄마와 혜민이도 더는 할아버지 집에 가지 않게 됐다. 혜민이는 정말로 의료 마이스터고에 원서를 냈고 당연하게도, 합격했다.

겨울 방학이 지나 짧은 등교를 하고 혜민이는 중학교를 졸업했다. 아빠는 졸업식에도 오지 않았다. 입학 전 신입생 합숙 교육에 참여하기 위해서 혜민이는 2월에 강원도로 가야 했다. 엄마와 나는 이불과 태블릿과 옷가지 등등을 챙겨서 함께 강원도행 고속도로에 올랐다. 한 명이 조수석에 앉으면 한 명이 뒤에 혼자 남는다고 엄마는 조수석을 비우고 우리 둘을 뒷좌석에 앉혔다. SUV 트렁크에 가득 실은 짐이 뒷좌석에서도 보일 정도라 혜민이가 정말 집을 떠난다는 실감이 났다.

"우리 혜민이 떼 놓으면 엄마가 쓸쓸하겠다."

백미러로 뒷좌석의 우리를 보며 엄마가 말했다.

"고속버스 타면 세 시간밖에 안 걸리니까 자주 갈게요."

"KTX가 있으면 좋을 텐데 말이야. 고속버스 타고 와, 차비 아끼지 말고."

"엄마 고향도 강원도죠?"

혜민이가 말했다. 엄마가 웃었다.

"그래, 속초야. 바닷가. 방학하면 같이 갈까?"

"동해 바다가 예쁘다면서요."

"예쁘지. 속초 바다는 정말 예뻐. 백사장이 전혀 달라."

외가가 없어졌어도 엄마가 대학까지 24년을 보낸 고향은 그대로니 우리와 함께 강원도에, 동해에 갈 수도 있었을 텐데 엄마는 발길을 뚝 끊어 버렸다. 할아버지 집과 아빠 집을 오가느라 주말을 자유롭게 보내긴 어려웠겠지만 한번쯤은 가 볼 수도 있었을 텐데. 그때 엄마가 덧붙였다.

"'엄마' 고향은 원주였어. 알고 있었니?"

"네, 언니 일기장에서 봤어요. 5학년 때. 뭐 찾다가 봤더라? 상자 안에 언니 유치원 때 그림일기가 있더라고요. 원주 아줌마가 동생을 데리고 왔다고."

"난 정작 다 까먹었는데 말이야."

내가 끼어들었다. 어젯밤에 혜민이는 내가 잊어버린, 유치원 때 쓴 그림일기 속의 일을 들려줬다.

처음 혜민이가 우리 집에 왔던 날, 혜민이의 '엄마'는 혜민이가 아빠 딸이라는 증거라며 아빠에게 전화를 걸었다. 아빠 휴대 전화에 '강원도 원주'라는 글자가 떠오르자 아줌마는 미친 듯이 웃기 시작했고 곧 웃음이 울음으로 바뀌었다. 강원도로 출장 왔다는 아빠는 결혼 사실을 밝히지 않았다. 아빠 집은 엄마가 다녀간 지 며칠만 지나면 혼자 사는 남자 집처럼 엉망이 됐고, 아줌마는 그래서 아빠가 결혼했다고는 생각도 할 수 없었다. 엄한 집이라 어쩔 수 없다고, 아이가 태어나면 부모님에게 정식으로 인사드리고 결혼하자던 아빠는 아이 이름까지 지어 놓고는 정작 혜민이가 태어나자 함께 살던 집에서 나가 버렸다. 아기를 혼자 키우느라 아빠를 찾을 힘도 없던 아줌마는 혜민이가 네 살이 됐을 때 겨우 대구로 왔다. 그날이 내가 꿈이라고 생각했던 일, 혜민이를 처음 만난 날이었다.

주말이라 마침 대구에 와 있던 아빠는 혜민이도 아줌마도 받아들이려 하지 않았지만 엄마는 방 하나를 비우고 두 사람을 재웠다. 아빠가 아빠 집으로 돌아간 뒤에도 한동안 아줌마는 남아 있었다. 나는 혜민이를 보자마자 좋아했다고 한다. 동생이 생겼다고 자랑해도 되느냐는 나를 말리느라 힘들었을 것이다.

"어떻게 할래요, 저 사람 저 정도밖에 안 되는데. 내가 이혼해 주면 혜민이랑 셋이서 살래요?"

엄마가 물었을 때, 아줌마는 고개를 저었다.

"우리 혜민이, 지민이 동생으로 키워 주실 수 있어요? 제가, 자립하면 꼭 엄마 노릇 할게요. 그때까지만."

"그래요. 혜민이 내 딸 합시다. 그리고 혜민 엄마는 내 동생하자. 언니가 혜민이 잘 키울 테니까, 언니 믿고 언제든 기대."

아줌마가 우리 집에서 지낸 일주일, 엄마와 아줌마는 훨씬 더 많은 이야기를 나눴을 것이다. 아줌마는 언젠가 혜민이를 데려가겠다고 약속하고 집을 나갔다. 엄마는 아줌마의 휴대전화에 엄마 번호를 비상 연락처로 등록해 주었고, 은행에서 엄마가 감당할 수 있는 최대한의 돈을 아줌마 계좌로 보냈다. 새로운 삶을 시작하는 데 조금이라도 도움이 될 수 있도록.

아줌마가 떠나던 날, 엄마는 마지막 인사를 할 때 아줌마가 내 눈을 내려다보며 나눈 대화를 아직도 기억한다고 했다.

"혜민이는 네 동생이니까 예뻐해 주렴. 지민이는 언니니까, 그럴 수 있지?"

"네, 혜민이 내 동생이에요."

"아줌마가 왔던 건 잊어버려 줘. 알겠지? 그래야 혜민이가 행복할 수 있어. 그래야 혜민이가 지민이 동생으로 행복할 수 있어."

"네, 잊어버릴게요. 약속해요."

그리고 신기하게도 며칠 뒤에 나는 정말로 아줌마를 잊어버린 듯이 보였다고 한다. 혜민이가 '엄마'를 찾으면 손을 잡고 엄마에게 갔다고 했다. 엄마는 그래서 정말로 혜민이가 왔던 날의 일이 없었던 것처럼, 혜민이가 처음부터 우리 집의 둘째 딸이었던 것처럼, 그렇게 우리를 대할 수 있었다고 했다.

아줌마의 소식이 전해진 것은 혜민이가 우리 집에 온 뒤 첫 생일을 맞고 얼마 지나지 않은 날이었다. 아무 연고도 없는 아줌마의 비상 연락처를 보고 엄마에게 연락이 왔다. 아줌마는 강릉으로 향하는 고속도로에서 교통사고를 당해 중환자실에 누워 있었다.

"내 동생이 마지막으로 부탁한 게 혜민이 너야. 그래서 약속했어. 혜민이 내 딸이니까 걱정하지 말라고. 그 말 듣더니 그제야 갔어."

엄마의 목소리가 여리게 떨렸다.

혜민이가 갑자기 아빠를 아버지라고 부르기 시작한 건 초등학교 5학년 때의 일이었다고 한다. 혜민이는 모든 조각을 조합해서 진실을 알아냈다. 엄마가 외할머니의 기일도 외할아버지의 기일도 아닌 매년 똑같은 날 절을 찾는다는 걸 깨닫고부터였다. 가족 관계 증명서에 엄마와 자기 사이가 입양으로 연결되어 있다는 사실을 확인한 뒤, '엄마'의 이름과 사망 일자를 찾게 되었다. 그 흔한 사춘기도 겪지 않는다고 내가 믿어 온 동안 혜민이가 혼자서 버티고 싸웠다는 것을 나는 너무 시간이 지나서 알았다. 그 시간을 혜민이는 응석 한번 부리지 않고, 어떻게든 착한 딸로 살려 했다는 것을. 엄마가 없을 때면 할아버지 할머니가 묘한 표정으로 건네던 '혜민이 니가 아들이었으면 참 금상첨화였을 건데.'라는 말. 그 말을 들을 때마다 그랬다면 '엄마'는 죽지 않았을까 생각하고 마는 것을 들키지 않으려고 기를 쓰고 얼굴에 웃는 표정을 그렸던 노력들을.

혜민이가 다닐 학교는 우리 학교보다 훨씬 새 건물이었다. 방은 이층 침대 두 개가 벽에 나란히 놓인 전형적인 기숙사 방이었지만 그래도 좁지 않아서 답답한 느낌은 아니었다. 아직 룸메이트들이 오기 전에 이름이 붙어 있는 옷장과 책상에 짐을 정리해 주니 혜민이가 여기에 머무른다는 게, 이제 학교를 마치고 집에 와도 혜민이 방은 비어 있을 거라는 게 실감이 났다.

"생각보다 넓긴 해도 네 명이 한방 쓰려면 힘들겠다. 온종일 혼자 있는 시간이 별로 없으면 은근히 피곤한데."

"괜찮아요. 주말마다 집에 갈 텐데 뭐. 그리고 나 적응 잘해요. 벌써 검증됐잖아."

혜민이가 말했다. 엄마가 혜민이를 꼭 끌어안았다. 나는 책상에 가지런히 정리된 물건들을 괜스레 바라봤다. 4색 멀티펜, 크기와 용도가 다른 점착 메모지가 차곡차곡 들어 있을 커다란 필통이 우리 집 혜민이 방에서처럼 책상 위에 놓여 있었다. 매일 그날의 필기를 새로 정리하던 내 동생 혜민이. 고등학교에서도 변함없이 혜민이의 노트에는 책에서 옮겨 온 격자무늬 점착 메모지가 붙어 갈 테지만, 그래도 여기에서는 혜민이가 힘들게 버티지 않으면 좋겠다고, 집에 가고 싶다고 나한테든 엄마한테든 응석을 부리면 좋겠다고, 그렇게 생각했다.

사람들은 모든 집에 엄마 아빠가 있다고 생각한다. 모든 집에 형제자매가 있지는 않다는 건 알면서. 당연한 듯이 '엄마한테 알려 달라고 해.'라든가 '엄마 갖다 드리면 돼.'라는 말을 한다. 어릴 때는 그때마다 꼬박꼬박 '엄마 안 계셔요.'라고 말하기도 했는데, 돌아오는 반응이 아무래도 불편해서 요즘은 그냥 알겠다는 대답을 하고 만다. 하지만 "이거 세탁기 돌려도 되는 거예요?"라는 물음에 "엄마가 알아서 하실 거야."라는 답을 들은 순간, 짜증이 조금 나 버렸다. 마트 안의 의류 매장에서 세탁 태그를 찾아보려던 것뿐인데 옷 구겨진다고 하니까 그렇지. 밝은색 스웨터인데 물세탁 못 하면 맘 편히 입을 수가 없는데.

　"엄마 안 계셔요. 빨래 제가 하는데 드라이해야 하면 안 살 거라서요. 세탁 태그도 못 보게 하시면 알 수가 없잖아요."

"뭐? 얘 좀 봐, 너 어른한테 그렇게 말하는 건 어디서 배웠어? 그러고 다니면 가정 교육 못 받았단 소리 들어."

꼭 저러더라. 실수했다 싶으면 그냥 미안하다고 하면 안 되나. 매번 태도가 어떻고, 표정이 어떻고, 눈빛이 어떻고.

"정원아, 너 여기 어쩐 일이야?"

갑자기 한 아주머니가 아는 척하며 다가왔다. 낯선 얼굴인데 내 이름까지 어떻게 알았지, 그냥 끼워 맞출 정도로 흔한 이름은 아닐 텐데.

"나 가을이 이모. 너 만난 김에 아줌마가 맛있는 거 사 줘야겠다, 가자."

직원이 뭔가 말하려는데 무시하고 아주머니는 내 손을 잡았다. 나는 얼떨결에 아주머니를 따라서 2층으로 가는 무빙워크에 올랐다.

"안녕하세요. 그런데 저 뭐 안 사 주셔도 돼요. 가을이랑 저 그렇게 안 친한데."

2층에 올라서자마자 조금 떨어져서 뒤늦게나마 꾸벅 인사했다. 정원은 가을에 제일 예쁘지. 누가 처음 그 말을 했는지는 기억나지 않는다. 중학교 1학년 때 누군가가 한 말로 인해 나는 '가을 정원'이라며 다른 초등학교를 나온 한가을과 엮였다. 사립인 명휘초등학교를 나와서 동창이 한 명도 없는 한가을. 명휘초등학교를 나온 애들은 대부분 국제중이나 예술중으로 갔고, 아니면 특목고 자사고 진학을 많이 하는 학교로 갔다.

나도 아빠 직장 때문에 6학년 때 전학을 와서 아는 애들이 얼마 없긴 하지만, 명휘 아닌 곳까지 포함해도 우리 학교에 사립 초등학교 출신은 한가을뿐이다. 나와 한가을은 정말 전혀 얽힐 일이 없는 사이다. 그런데 1학년 때 한 반에서 만나 저런 말이 퍼졌고, 2학년까지 같은 반이 되어 버렸다. 그 말을 들은 후로 친해지기 더 어려웠다.

"2년째 같은 반인데, 그냥 친하다고 하면 안 돼?"

말이 끝날 때쯤에야 알아봤다. 무빙워크 올라오는 방향 가까이로 다가오는, 회색 후드 티 차림의 한가을을.

"가을이 네가 그렇게 친해지기 쉬운 성격은 아니잖아."

"이모 또 그런다."

"정원이도 만났으니까 우리 같이 저녁 먹을까? 정원이는 뭐 좋아하니? 아, 집에 먼저 연락드려야 되나?"

티격태격하는 모습을 보니 미안한 마음이 들어서인지, 어쩐지 들떠 보이는 가을이 이모님에게 평소 같으면 안 했을 말을 해 버렸다.

"오늘은 아빠 늦으신다고 했어요. 아빠 아침에 드시는 콘플레이크 떨어져서 그것만 사 가면 괜찮아요."

"잘됐다. 둘보다 셋이 먹는 게 낫지. 정원이 토마토 스파게티 좋아하니?"

"전 아무거나 잘 먹어요."

"그래, 다행이네!"

이모님이 장바구니에 담긴 햄과 채소, 우유 따위를 계산하고, 나는 아빠의 뮤즐리를 챙겨 나와 주차장에서 이모님이 운전하는 차에 탔다. 한가을을 생각하면 거창한 차를 탈 것 같았지만 앙증맞은 캐스퍼였다. 동글납작한 생김새가 이모님의 인상과 어울렸다. 마트 근처 파스타집에 가려니 했는데, 차는 20여 분을 달리더니 학교에서 멀지 않은 빌라 주차장에 멈췄다. 우리 집에서 걸어서 5분도 안 걸릴 거리였다. 명휘라면 부자들이 다니는 학교 아니었나? 들어가 보면 사실은 엄청 넓은 복층인 그런 빌라인가 했는데, 이모님을 따라 현관으로 들어서도 우리 집과 다를 바 없었다. 네 명이 겨우겨우 앉을 작은 4인용 식탁과 싱크대 사이에 한 사람만 왔다 갔다 할 수 있는 부엌, 3인용 소파가 딱 맞게 들어가는 거실까지.

"가을이 방 구경하고 있어. 이모가 다 되면 부를게. 가을아, 정원이랑 방에 있어."

"면 푹 익히지 마, 이모."

"네네, 알 덴테 말이지. 알았어."

한가을이 열어 준 방은 중학생 방이라기보단 굳이 말하자면 직장인의 서재에 가까워 보였다. 검은색 침대에는 연회색 베개와 이불이 있고 검정 책상에다 회색 사무용 의자, 방석도 회색. 중학교 참고서가 꽂혀 있는 책장과 까만 고릴라가 달린 백팩을 빼면 누구든 이 방의 주인을 중학생이라고 생각하지는 않을 것 같았다.

교무실에 있을 법한 책상 위에 작은 액자 하나가 놓여 있었다. 부부가 갓난아이를 안고 웃고 있는 사진이었다. 두 얼굴을 잘 섞으면 한가을의 얼굴이 나올 것처럼 보였다. 가운데에 귀엽다고는 말하기 어려울 아기는 주름이 가득한 붉은색 얼굴로 울기 직전의 표정을 짓고 있었다.

"이거 너야?"

"지금은 용 됐지. 할 수 없어. 셋이 찍은 사진이 그것뿐이라."

사람들이 내게 하도 이상한 말을 많이 해서 나는 거꾸로 배울 수 있었다. 이 상황에서 사람들이 보통 무슨 말을 하겠다는 것과, 그 말이 어떤 사람에게는 상처가 될 수 있다는 것을. 나는 눈치가 빠르니까. 우리 집에도 어릴 때 두 사람이 이혼하기 전에 셋이 함께 찍은 사진이 있다. 이혼하고 나서도 사진을 그대로 뒀던 아빠는 엄마가 돌아가신 뒤로 내 책상 서랍 안에 넣어 버렸다. 그 후로 나는 그 사진을 아빠에게 보이는 곳에 두지 않았다. 엄마가 우리와 같이 살았다면 그 비행기를 타지 않았을 거라고 생각한 적도 있지만, 예전에 영어 선생님이 그랬다. 'If'는 세상에서 가장 슬픈 말이라고.

"밥 먹어, 애들아!"

이모님이 문을 두드려서 우리는 거실로 나왔다. 오목한 접시에 스팸과 프랑크 소시지와 브로콜리와 양배추와 기타 등등이 잔뜩 든 빨간 스파게티가 수북하게 담겨 있었다. 각자의 접시 옆에는 적양배추 피클이 담긴 작은 종지가 놓였다.

"이모가 요리를 잘하진 않아."

한가을이 말했다. 이모님이 웃었다. 이모님의 스파게티는 내 입에는 면이 살짝 딱딱했지만, 그래도 이상하게 그리운 맛이 났다. 엄마도 아빠도 만든 적이 없는 음식일 텐데도.

그날 이후로 나는 한가을과 조금 가까워졌다. 홍정원과 한가을, 우리 둘 다 히읗으로 시작하는 성이어서 번호가 붙어 있었다. 1학년 때는 한현수가 사이에 끼어 있었지만 올해는 다른 반이 됐다. 2학년 수업들은 웬일로 번호순으로 팀을 나누지 않는다 했더니 우리 지역의 역사 신문 만들기 과제가 번호순으로 짜였다. 다른 팀은 다 세 명씩인데 마지막인 우리만 둘이었지만, 싫지는 않았다.

이모님은 늘 한가을을 데리러 왔다. 걸으면 30분 정도 걸리는 거리지만 큰길을 여럿 건너야 해서 걱정되신다고 했다. 거의 같은 길을 나는 별생각 없이 다녔기 때문에 쉽게 이해되지는 않았지만 명휘 출신이라면 뭐 그럴 수도 있겠다 싶었다. 또 모른다. 지금은 우리 집 비슷한 곳에 살아도 사실 엄청 거창한 집이 따로 있는지도.

한가을이 수행 평가 때문에 우리 집에 온 토요일도 아마 이모님 차를 타고 왔을 것이다. 벨을 눌러 나갔을 때는 이모님이 벌써 안 계셨지만. 오후 2시에 만나서 거실 컴퓨터와 한가을의 태블릿으로 이것저것 찾아보고 정리하는 동안에 해가 저물었다. 아빠는 방해될까 봐 안방에 있다가 6시가 다 되어서야 나왔다.

"아직 숙제 안 끝났지? 저녁 먹고 갈래? 뭐 시켜 줄까?"

"그래도 될까요?"

한가을이 공손한 표정으로 말했다.

"물론 되지. 정원이 네가 의논해서 시키고, 가을이는 집에 전화드리렴. 어른이 걱정하실지도 모르니까 저녁 먹고 언제쯤 갈지 말씀드려. 이따가 정원이랑 데려다줄게."

"감사합니다."

한가을이 활짝 웃었다. 아빠가 도로 들어가고 나서 나는 배달 앱에서 뭘 시킬지 한참 고민하다가 한가을을 봤다. 한가을이 계속 웃고 있었다.

"왜 웃어?"

"너네 아빠 좋은 분이구나."

"갑자기? 뭐 시켜 준대서?"

다시 앱에서 메뉴를 들여다봤다. 아빠가 시켜 준다고 할 때 큰맘 먹고 패밀리 사이즈 피자를 시킬까, 아니면 피자 치킨 세트? 한가을은 떡볶이를 더 좋아하려나.

"아니, '엄마'나 '아빠'가 아니라 '어른'이 걱정하신다고 그러셨잖아."

"그야 뭐 우리 집에 엄마가 없으니까."

피자 치킨 세트와 로제 떡볶이 중에 뭘로 할까, 한가을에게

정하라고 할까, 생각하며 대꾸했다.

"우리 집엔 엄마 아빠 다 안 계신걸."

한가을이 말했다. 나는 한가을을 봤다.

"로제 떡볶이 시켜도 돼?"

한가을은 아무렇지도 않은 듯 웃으며 덧붙였다.

떡볶이가 올 때까지 한가을은 조사한 걸 노트에 정리하더니 가방에서 다이어리를 꺼내 펼쳤다. 하루에 한 페이지씩 쓸 수 있는 다이어리는 한가을의 방만큼이나 한가을과 어울리지 않는 물건이었다. 표지에 올해 연도가 커다랗게 적혀 있는 짙은 남색 다이어리. 아빠가 저 비슷한 수첩을 쓰는 걸 본 적이 있다. 아빠의 악필로 가득한 다이어리는 가끔 안방에 펼쳐져 있다가 또 가끔은 거실 테이블 위에 펼쳐져 있곤 했다. 아빠는 회사에서 연락을 받으면 어디서나 다이어리를 펼쳐서 내가 알아볼 수 없는 글씨로 메모를 하곤 했다. 한가을이 쓰는 건 그보다는 조금 작은 크기였다. 학교 앞 아트박스든 시내 대형 서점이든 겨울 방학부터 봄 방학까지 스터디 플래너에 다이어리에 얼마나 다양한 종류를 진열해 두는데 많고 많은 것 중에 하필 저런 걸. 나는 아저씨들이나 쓸 법한 다이어리에 빼곡하게 적혀 있는 한가을의 반듯한 글씨에 잠시 눈길을 빼앗겼다가 화들짝 정신을 차렸다. 방금 한가을이 나에게 그동안 아무한테도 안 한 말을 한 거다. 학교에서 누구한테도 한가을의 부모님이 안 계신다는 말을 들어 본 적이 없으니까. 애들은 하교 시간마다 한가을을 데리러 오는 녹색 캐스퍼가 이모님 차가 아니라 엄마 차일 거라고 생각했고, 나는 굳이 바로잡지 않았다.

"아빠가 작년에 돌아가셨어. 그래서 이모랑 둘이 살아."

중간에 생략된 말이 더 있을 것 같았지만, 꼬치꼬치 캐물으면 안 된다는 걸 안다. 나도 수없이 당했거든. 어쩌다 이혼을 하셨대,였다가 어쩌다 돌아가셨어,로 바뀐 날들. 친척들은 두 사람이 이혼한 뒤로 나보고 잘해서 두 분 재결합시키라고 성화였고, 엄마가 돌아가신 뒤로는 아빠가 재혼할 수 있도록 설득하라고들 했다.

"졸업식…… 오시다가."

한가을의 목소리가 조금 떨리려는데, 벨이 울렸다. 인터폰 화면으로 배달 오신 분이 엘리베이터에 도로 타고 문이 닫히는 모습이 보였다. 나는 현관문을 빼꼼 열고 떡볶이를 안으로 들였다. 문소리에 아빠가 나왔다. 아빠는 식탁에 앞접시와 국자와 포크 등등을 꺼내 주고는 자기 그릇에 뮤즐리와 우유를 부었다.

"죄송해요. 떡볶이 말고 딴거 시킬걸 그랬네요."

"아니야. 나는 원래 저녁 가볍게 먹으니까 신경 쓰지 마라. 정원이한테 물어보면 알 거야. 집에 전화는 드렸니?"

아빠는 늘 자기는 식욕이 없어서 그렇지 음식은 안 가린다고 한다. 하지만 뮤즐리도, 우유도 한 종류 브랜드만 먹는다. 그래도 내가 먹고 싶은 요리를 만들어 주려고 개인 방송을 찾아보고 검색도 한다. 제발 그대로만 하면 좋을 텐데 자꾸 자기 식으로 변형해서 문제다.

"메시지 보냈어요. 너무 폐 끼치지 말라고 하셨어요."

"폐는 무슨. 괜찮아."

아빠는 웃으면서 뮤즐리 그릇에 스푼을 꽂아 안방으로 들어갔다.

"작년이면…… 아직 많이 힘들겠다."

"너는?"

한가을의 말에 나는 잠깐 두 날짜 사이에서 고민했다. 엄마가 이혼해서 떠난 날과 엄마가 탄 비행기가 사고 났던 날.

"4학년 때."

나는 엄마 이름을 TV에서 본 날을 생각하며 말했다. 아빠가 떨리는 손으로 전화기를 붙들던 모습이, 자기가 더 떨면서 나보고 괜찮아, 괜찮을 거야,라고 말하던 그 순간이 아직도 생생하다. 큰 병원 지하에 있는 장례식장으로 아빠와 함께 갔을 때, 한 번도 본 적 없는 할머니가 엄마의 사진을 향해 울부짖고 있었다. 저년이 내 아들을 잡아먹었어, 그래서 이혼녀는 안 된다고 했는데. 그 말이 무슨 뜻인지 알아차리기 전에 외삼촌이 날보고 깜짝 놀라 내 손을 붙잡고 1층으로 올라갔다. 정원아, 미안해. 저런 말 듣게 해서 미안해. 저분이 너무 속상해서, 마음을 너무 다쳐서 그래. 미안해, 정원아. 삼촌이 대신 사과할게. 아빠가 따라 올라와 외삼촌을 보고 말했다. 미안해. 내가 그 사람에게 더 잘했어야 했는데. 미안해, 처남, 미안해. 엄마가 떠난 자리에서 어른들은 계속 서로 원망하고 울부짖고 미안해했다. 엄마가 두 번째 신혼여행을 떠난 날이 엄마의 기일이 됐지만 아빠도 나도 제사를 지낼 자격이 없었다.

"시간이 지나도 완전히 덤덤해지진 않더라."

"그렇지? 그럴 거야."

한가을이 말했다.

"엄마는…… 난 기억도 안 나거든. 사진으로밖에 못 봐서. 그래도 가끔 사진 보면 마음이 이상해져. 어릴 때부터 그랬는데 여전히 그렇더라."

한가을의 책상 위에 있던 액자가 떠올랐다. 쪼글쪼글 주름진 아기를 안고 있던 두 사람. 셋이 함께 찍은 유일한 사진.

"산후조리원에서 상태가 안 좋아져서 입원하셨다가 집에 못 오셨대. 아빠가 나 돌보는 일 말고는 아무것도 안 하고 아무도 안 만나서, 이모가 찾아와서 아빠 정신 차리라고 그랬대."

"대단하다, 이모님."

"응, 멋진 사람이야."

떡볶이가 거의 바닥을 보여 가서 나는 마지막으로 한가을에게 물었다.

"혹시 그 다이어리도 아빠 거야?"

한가을이 눈을 동그랗게 뜨곤 날 보더니 금방 시무룩하게 풀이 죽었다.

"아빠는 내내 똑같은 다이어리를 썼거든. 아빠 쓰던 거 쓰고 싶은데 아무 데도 안 팔아. 그래서 표지가 다르긴 한데, 속지라도 최대한 비슷한 다이어리 찾아서 쓰는 거야."

"속지? 하루에 한 장씩 쓰는 거? 그런 다이어리 많잖아?"

"하루 한 페이지 형식은 많지만 종이도 디자인도 다른걸. 이 것도 얼마나 힘들게 찾았는데. 내년에는 똑같은 거 찾을 수 있을지 모르겠다."

진지한 한가을의 얼굴을 보고 있으니 왠지 내가 그 다이어리를 찾아 주고 싶어졌다.

한가을의 집에 두 번째로 갔을 때, 한가을은 책장에 가지런히 꽂혀 있는 열다섯 개의 다이어리를 보여 주고는 서랍에 따로 둔 다이어리를 꺼냈다. 아버지가 돌아가신 해, 그러니까 초등학교를 졸업한 해가 아니라 그 전년도 것이었다. 검정 가죽 표지에 '수첩'이라는 한자가 금박으로 적혀 있었다. 확실히 흔한 디자인은 아니었다. 옆면 아래쪽에 연도가 박혀 있지 않았다면 얼핏 성경 책처럼 보이는 크기였다. 맨 앞에 월간 스케줄이 있고 그 뒤로는 일자별 페이지가 이어졌다. 오른쪽엔 달마다 인덱스가 표시되어 쉽게 찾을 수 있었다. 심플해 보여도 모든 페이지가 모눈으로 채워져 있고 일간 페이지에는 왼쪽으로 길게 줄이 그어져 있어 여느 수첩들과 달랐다. 왼쪽 선을 따라 한가을 아빠의 것일 글씨로 꼼꼼히 기록해 둔 시간이 보였다.

성경과 닮은 점은 또 있었다. 나는 이렇게 얇은 종이를 처음 봤다. 사전처럼 비칠 만큼 얇은 속지인데 획이 굵은 한가을 아빠 글씨가 뒷면에 전혀 배어나지 않았다. 보기 전에도 금방 똑같은 수첩을 찾아 줄 수 있으리라고 생각하지는 않았지만, 비슷한 걸 찾기도 쉽지 않을 듯했다. 나는 조심조심, 내용을 보지 않으려 애쓰며 페이지를 넘겼다. 뒤쪽에는 영어 속담과 삽화 같은 것이 실려 있어서 더 읽지 않고 다이어리를 덮었다.

"비슷한 거 본 적 없지?"

"응, 미안. 진짜 찾기 어렵겠다."

내 말에 한가을은 짧은 한숨을 내쉬었다.

"아빠가 몇 년 동안 쓴 수첩이 모양은 똑같고 옆 숫자만 달라. 열 권도 넘는 다이어리가 다. 이렇게 좋아했던 건데 나는 이름이 뭔지도 모르는 게 너무 답답해."

"외국에서 사 오신 거 아니야? 출장이나 여행 다니시면서 사 오셨다거나."

뒤쪽에 있던 영어 속담이 생각나서 말해 봤지만, 한가을은 고개를 저었다.

"아빠는 외국 출장 가신 적도 없고, 나 두고 여행 가신 적 없는걸. 여행 가서 수첩 사시는 것도 본 적 없고."

"내년까지 나도 열심히 찾아볼게."

한가을이 마지막 희망을 건 듯한 비장한 표정으로 나를 봤다. 어쩐지 어깨가 무거워져 이런 걸 잘 알 만한 사람이 누가 있을까 떠올렸다. 해마다 회사에서 주는 수첩을 닳도록 쓰는 아빠는 당연히 모를 테고. 나는 표지와 아무것도 적히지 않은 페이지를 사진으로 찍어 저장했다.

수행 평가 보고서를 마치고 나니 한가을이 우리 집에 올 일이 없어졌다. 역사 신문은 한가을의 집에서 두 번, 우리 집에서한 번 모이고 마무리됐다. 학습지 참고 사항에 적힌 대로 인터넷 말고 지역 서점에서 책을 찾아 정리했는데 그렇게 한 애들은 별로 없었는지, 한가을이 네모반듯한 손글씨로 정리한 신문 배치가 좋았는지, 사회 교실에 한동안 붙어 있었다.

우리 신문이 우리 반 대표로 뽑힌 날, 한가을은 이모가 미팅이 생겨 데리러 올 수 없다는 문자를 받았다. 이모님 사정으로한가을을 데리러 오지 않은 건 내가 아는 한 처음이었다. 한가을의 표정이 영 좋지 않았다.

"같이 갈래?"

"정말? 고마워!"

이모님은 그동안 몇 번이나 나를 태워 주시려고 했지만 매번 미안해서 거절해 왔다. 한가을의 집에서 과제를 할 때에도이모님은 파스타나 칼국수 같은 요리를 만들어 주셨다. 한가을이 면 종류는 뭐든 좋아한다는 사실도 이모님에게 들었다. 딱히 특별한 메뉴도 아니고 집에 있는 재료로 만든 맛이었지만 그래서 나에게는 더 고마운 맛이기도 했다. 그러니 하루쯤 저렇게 긴장하고 있는 한가을과 함께 집에 가 주는 건 아무것도 아니었다.

학교 정문에서 신호등 건널목을 지나 방향을 틀었을 때, 갑자기 누군가가 불쑥 우리 앞을 막았다. 아빠 또래 아저씨 둘을 보고 심하게 놀란 한가을이 내 팔을 붙들었다. 한가을의 손이 파르르 떨려서 나까지 놀랐다.

"삼촌 얼굴 까먹었어? 인사 안 해, 한가을?"

삼촌? 하지만 이모에겐 그렇게 다정하던 한가을의 얼굴은 친척이 아니라 동네 가게 아저씨에게도 지어 보이지 않을 것 같은 굳은 표정을 하고 있었다.

"그 여자가 어지간히 널 꼬셔 놨구나? 네 아빠가 보면 참 좋아하겠다? 아빠 동생한테 이러는 거."

"무슨 일로 오셨는데요?"

한가을이 말했다.

"그 여자가 네 아빠 재산 다 빼돌렸잖아. 아파트도 팔아 치우고, 퇴직금까지 꿀꺽한 거 아냐? 너 이러는 거 아니야. 네 엄마 빈손으로 한씨 집안 들어와서 병원비로 돈 축내고, 이제 그 여자가 이모랍시고 남은 재산까지 다 빼돌리곤 도망갔는데 우리가 손 놓고 있을 줄 알았어?"

내가 이런 이야기를 듣고 있어도 될까. 아니, 이런 이야기를 중학생 조카한테 해도 되는 건가? 나는 몇 년 전 장례식장에서처럼 머리가 지끈거렸다. 삼촌은 나보고 그 사람들이 마음이 아파서 그런 거라고 대신 사과했다. 내가 들으면 안 될 말이라는 뜻이었다. 한가을도 이런 이야기를 들으면 안 된다. 나도 한가을이 보는 앞에서 이런 이야기를 들어서는 안 된다. 한가을이 이모를 얼마나 좋아하는데.

"아파트 융자금이 많이 남아서 그거 처분해서 갚았다고 했잖아요."

"그건 그 여자 말이지!"

"아빠가 제 후견인으로 지정한 사람은 이모예요. 삼촌들이 아니라요. 그리고 아빠 상속인은 저 하나고요."

"저거 저거, 제 엄마 빼닮아서 성질머리……."

"아, 됐어. 일단 데려가. 쟤 데리고 있으면 그 여자도 가만히 못 있겠지."

조금 더 젊어 보이는 아저씨가 한가을 쪽으로 손을 뻗었다. 나는 한가을의 손을 잡고 도망치려고 했다. 내 쪽으로 오는 다른 아저씨를 피하면서 손을 당기는데, 한가을이 멈췄다. 등 뒤에서 젊은 쪽 아저씨가 한가을의 가방을 잡고 있었다.

"가방 벗어!"

"안 돼!"

한가을의 팔을 당겼다. 한가을이 버텨서 가방이 팽팽해지다가 투둑, 하는 소리가 났다. 가방끈 한쪽이 뜯기면서 한가을은 한쪽 어깨만 겨우 메고 있었다.

"그 손 안 놔요!"

날카로운 외침에 놀라 소리 나는 쪽을 봤다. 녹색 캐스퍼가 한가을 바로 옆에 섰다. 한가을은 가방을 홱 끌어안았다. 나는 앞문, 한가을은 뒷문으로 급히 차에 올라타고 문을 닫았다. 와, 이거 드라마에서만 되는 줄 알았는데 실제로 되네. 이모님이 차를 출발시켰다.

"가을아, 괜찮아? 정원이도 많이 놀랐지?"

나는 뒷좌석에 탄 한가을을 돌아봤다. 한가을이 가방을 안고 나를 보더니 엉엉 울기 시작했다.

"가을아, 왜 그래? 그 사람들이 너 때렸어? 어디 아파?"

한가을은 대답 대신 울기만 하다가, 뜯어져 나간 가방 어깨끈을 붙들고는 말했다.

"가방, 가방 망가졌어. 아빠가 준 건데."

이모님은 운전하면서도 계속 한가을의 얼굴을 살폈다. 한가을이 앞쪽에 있었으면 한가을이 앞좌석에 타고 내가 뒷좌석에 탔을 텐데. 그러면 이모님이 한가을 손이라도 잡아 주실 수 있을 텐데. 나도 이모님도 가방을 안고 있는 한가을에게 해 줄 수 있는 게 없었다.

"그거…… 매장 가면 수선해 줄 거야. 뉴월드 백화점에 있잖아. 나 전에 맡겨 봤어."

내 말에 이모님과 함께 셋이서 백화점으로 갔다. 모양도 재질도 다른 고릴라 장식이 달린 가방이 가득한 매장은 찾기 쉬웠다. 한가을이 동전 지갑에서 보증서를 꺼내 내밀었다. 직원은 보증서를 확인하고는 뜯긴 부분을 살폈다.

"천이 상한 건 아니라서 아마 수선하면 원래랑 똑같이 복구될 거예요. 구입 시기에서 1년이 넘어서 AS 비용은 청구되는데, 괜찮으실까요? 보통 일반 수선집에도 맡기시더라고요."

"괜찮아요. 최대한 원래 상태로 복구되기만 하면."

이모님이 서류를 작성했다. 내용물과 고릴라 인형은 따로 보관해야 한다고 해서 내 가방 안에 들어 있던 에코백에 담았다. 별로 크지 않은 백팩이어서 에코백 하나로도 충분했다. 한가을은 가방에서 떼어 낸 까만 고릴라를 소중하게 손에 쥐었다.

돌아올 때는 한가을도 나도 뒷좌석에 탔다. 이모님은 별말을 하지 않았다. 나는 그동안 이모님이 꼬박꼬박 한가을을 데리러 학교에 온 이유가 오늘 같은 상황 때문이라는 걸 알았다.

"엄마랑 아빠 만난 이야기 듣고 싶어."

한가을이 고릴라 인형을 꼭 쥔 채로 말했다. 이모님은 백미러로 나를 힐긋 쳐다봤다.

"언니가 아르바이트로 일하는 가게에 형부가 손님으로 왔어. 형부가 다니던 대학에서 가까웠거든. 순두부찌개를 허겁지겁 먹고는 혹시 밥 리필 되느냐고 묻더래. 보니까 국물도 거의 다 먹었길래 주방 이모한테 부탁해서 석박지를 가져다가 밥이랑 내줬다. 그다음 날도 형부가 같은 시간에 왔대. 그렇게 한 달을 매일매일 점심때마다 와서는 그 가게 메뉴를 거의 다 돌아가면서 먹더래. 그러다가 친해져서 괜찮으면 만나고 싶다고 했다지. 언니는 일하느라 바쁘니까 못 만나겠다고 바로 거절했는데, 형부가 전화번호 적은 종이를 쥐여 주곤 갔대. 그러고는 가게에 발길을 끊었는데 한 달쯤 지났을 땐가, 언니가 알바 끝나고 주방 이모들이랑 순두부찌개를 같이 먹는데, 갑자기 그렇게 눈물이 나더래. 그래서 형부한테 전화를 했대."

"엄마는 아빠 안 좋아채서 거절한 거였어?"

"아니, 빨리 돈 벌어서 나 대학 학비 내 주려고. 돈 벌고 취직하는 게 제일 중요해서. 그런데 그날, 순두부 먹다가 불쑥 형부가 너무 보고 싶었대."

"응."

한가을이 고개를 숙였다. 나는 옆에서 어깨를 감싸 주는 것 말고는 할 수 있는 게 없어서, 그냥 그렇게 한가을을 토닥였다. 그리고 한가을 아빠와 엄마의 사랑 이야기를 들으면서 문득 엄마 아빠의 연애를 생각했다. 엄마 아빠는 서로 싸워서 헤어지는 게 아니야. 엄마는 변함없이 정원이 엄마고, 보고 싶을 때마다 만날 수 있으니까. 그러니까 엄마를 미워하지 마. 아빠는 엄마가 집을 나간 날 내게 그렇게 말했다. 미워할 겨를도 없이 엄마는 계속 날 사랑했다. 신혼여행에서 선물을 사 와서 내게 미안해했다면, 나는 엄마한테 화를 냈을까. 그랬으면 좋았을 것이다. 엄마를 미워하기도 전에 엄마가 우리를 떠나 버리지 않았다면.

집에 와서 나는 어떻게든 한가을의 아빠가 쓰던 다이어리를 찾아내고 말겠다는 마음으로 컴퓨터를 켰지만, 아무리 검색해서 몇 페이지를 뒤져도 비슷한 것은 보이지 않았다. 그러다 문득, 책장에 연도별로 순서대로 꽂혀 있던 열다섯 권의 다이어리를 떠올렸다. 마지막 한 권을 포함하면 열여섯 권. 한가을과 나는 열다섯 살. 그렇다면 한가을의 아빠가 이 다이어리를 한가을이 태어나기 전부터 써 왔다는 이야기였다. 한가을은 외동이니까 혹시 그럼 이 다이어리는 한가을의 엄마가 처음 선물했던 게 아닐까. 한가을이 태어나고 엄마가 돌아가신 뒤에도 한가을의 아빠는 줄곧 똑같은 다이어리를, 사랑하는 사람이 선물했던 것과 같은 다이어리를 써 왔던 건.

나는 한가을이 가르쳐 줬던 이모님 연락처로 메시지를 보냈다. 한가을이 이모에게 물어봤을 거라고 생각했었다. 그래도 찾을 수 없었던 거라고. 하지만 만약에 이모가 걱정할까 봐 아빠 수첩을 찾으려는 걸 숨겼다면, 어쩌면 답을 알고 있는 사람은 이모님이 아닐까.

─이모님, 저 정원인데요. 한가을 좀 괜찮아졌나요? 여쭤볼 게 있는데, 혹시 한가을 어머님이 아버님한테 수첩 선물하신 적 있는지 아시나요? 외국 수첩이요.

갑작스러운 질문에 당황하지 않으실까 최대한 예의를 갖추려 했는데, 후회하기도 전에 바로 답이 돌아왔다.

─어떻게 알았니? 언니가 처음 선물한 게 수첩이었어. 언니 가고

난 뒤에도 매년 형부는 그것만 썼어.

　나는 한가을에게 바로 그 메시지를 전달해 주려다가 그만두고 답장을 썼다.

　—이모님, 한가을이 그 수첩을 구하고 싶어 해요. 같은 걸 찾고 있어요.

　이모님이 메시지를 계속 썼다 지웠다 반복하더니, 이번엔 한참 만에 답이 왔다.

　—알려 줘서 고마워. 내가 가을이하고 이야기할게.

　다음 날 한가을은 퉁퉁 부은 눈으로 학교에 왔다. 백팩 대신 내가 빌려준 에코백을 들고. 교복에는 참 어울리지 않는 차림이었지만 한가을 얼굴이 엉망이어선지 담임도 아무 말을 하지 않았다.

　"이모가 엄마 수첩 갖고 있었어."

　조례가 끝나고 자리로 갔더니 한가을이 날 보고 말했다.

　"아빠랑 똑같은 거였어?"

　"응, 똑같아. 나 태어나던 해."

　"어디 거였어?"

　내가 묻자 한가을은 대답 대신에 사진 하나를 보여 줬다. 한가을이 없는, 한가을의 엄마 아빠 사진이었다. 두 사람 등 뒤에 보이는 돌로 만든 조각상에 한자와 영어로 대학 이름이 새겨져 있었다. 우리나라 대학이 아니었다.

"엄마 아빠 만난 곳. 아빠는 교환 학생, 엄마는 워킹 홀리데이로 간 거래. 이모가 나도 당연히 아는 줄 알고 외국이라고 말을 안 했다는 거야."

"엄마가 쓰던 수첩은 왜 이모님이 갖고 계셨대? 너 태어나던 해면…… 마지막 수첩,이잖아."

조심스럽게 내가 물었다. 한가을은 금방 울 것 같은 눈을 한 주제에 웃으면서 답했다.

"그거, 태아 일기라서. 아빠가, 도저히, 못 보겠다고. 이모가, 엄마 유일한 가족이라서."

한가을이 띄엄띄엄 말했다. 나는 한가을이 에코백에 달아 놓은 새까만 고릴라 인형을 괜히 쳐다봤다. 사진 말고는 만나 본 적 없는 엄마 때문에 한가을은 또 저렇게 울 것 같은 얼굴을 한다. 나는 그 마음을 안다.

"내년 다이어리 같은 걸로 사자."

내가 말했다. 한가을은 날 보고 웃었다. 그걸 어디서 사야 하는지, 살 수는 있는지도 몰랐지만, 십몇 년을 똑같은 디자인으로 펴낸 다이어리라면 내년에도 분명 나올 테니까. 아빠에게 부탁하든 영어 실력을 총동원해서든 어떻게든 내년에는 가을 정원의 다이어리를 나란히 쓰겠다고 마음먹었다.

"오늘 가방 찾으러 같이 가면."

한가을이 답했다. 오늘도 이모님의 녹색 캐스퍼가 교문 앞을 지키고 있을까. 그렇지 않아도 상관없다. 그 아저씨들이 보이기만 하면, 나는 한가을의 손을 잡고 들입다 달릴 거다. 한가을의 가방도, 옷도, 손도 못 대게 할 거다. 우리는 가을 정원이니까. 정원은 가을에 제일 예쁘니까.

어쩌면 모든 것은 그날 결정되었을지도 몰라. 내가 교무실 앞에 서 있을 때, 누구도 동반하지 않고 예전 학교 교복을 입은 채로 나타난 나를 어느 반에 넣을지 담임 둘이 언성을 높이고 있었을 때. 인원수는 가장 적지만 벌써 전학생을 한 명 받은 4반의 사회가 전학생을 두 명이나 받는 게 어디 있냐고 했고, 한 명이 자퇴한 1반의 수학은 그래도 인원수를 기준으로 해야 하지 않냐고 했던 날 말이야. 그래서 1반과 인원이 같았던 우리 반 담임이 이 상황을 듣고 있는 나에게 마음이 쓰여서 그럼 저희 반으로 받죠,라고 했던 날. 신도시 신설인 이 학교는 배정받은 애들이 기뻐해야 할지 슬퍼해야 할지 알 수 없는 그런 곳이었지. 기관 이전이 결정되었다가 취소되기 일쑤인 지역이어선지 유난히 전학도 자퇴도 많은 어수선한 분위기에 처음 생긴 학교로 발령받아 온 샘들은 모든 시스템을 만들어 가면서 조금이라도 불리한 입장이 되지 않으려고 신경을 곤두세우고 있었다는 걸, 우리는 한참 후에야 알았지. 나는 신설 학교 교복이라 교복사에 재고가 없어서 버스로 한 시간 거리에 있는 예전 학교 교복을 입고 갔을 뿐이지만, 그 선택이 엄청난 첫인상을 남겼다는 것도 나중에 너에게서 들었어. 엄격하기로 유명한 옛 학교 교복을 보고는, 입학한 지 몇 달 안 되어서 교칙에 저항한 성가신 애가 아니겠냐고. 나는 상상도 못 했지. 부모님 없이 혼자 온 전학생, 한부모가정, 그것이 모두에게 어떤 의미로 닿았는지.

"소정민, 자, 내가 담임이야. 교실로 가자. 정민이는 1학년 3반 24번이 되겠네. 학생증은 신청하면 다음 주엔 나올 거야."

너는 교실에서 비질을 하고 있었어. 참 이상하게 생긴 빗자루였지. 솔 대신 유리창 청소용 고무 같은 게 달린 빗자루 끝으로 머리카락이며 사탕 껍질, 지우개 가루가 모여 있었어.

"선호, 오늘 주번이야?"

"아뇨, 저 교실 청소 당번이어서."

"부지런하네."

그때 처음 나는 너의, 강선호의 목소리를 들었어. 울림이 좋은 목소리구나, 생각했어. 키가 크구나, 그 생각도 했지. 빗자루를 들고 복도로 나간 네가 돌아올 때까지 교실에는 나를 탐색하는 시선이 흘러넘쳤어. 선호 네가 들어오자 담임이 가볍게 손뼉을 쳤어. 모두가 나에게 집중했어.

"우리 반 24번이 된 소정민. 어느 학교에서 전학 왔는지 알겠지? 새로운 환경에 잘 적응할 수 있도록 도와주자. 자리는⋯⋯."

"강선호 혼자 앉아요."

"자리 새로 뽑을까요?"

"샘, 우리 자리 바꾼 지 한 달 됐어요!"

이야기가 두서없이 쏟아지자 담임이 난처하게 웃었어.

"우리 반이 좀 이래. 명원고는 안 그랬지?"

나는 뭐라고 대답할지 몰라서 그냥 있었어. 뒤쪽에서 벌써 여분 책상으로 선호, 네 옆에 자리를 만들고 있더라.

"그럼 일단 정민이는 저기 선호 옆에 앉고, 청소 시간에 자리 뽑기 하자. 1교시 준비하고, 제2외국어네. 자, 이동."

나는 네 자리 옆으로 가서 교실 앞의 커다란 시간표를 봤어.

"일본어야, 중국어야?"

네가 물었어.

"일본어."

"그럼 같이 가면 돼."

너는 책가방을 든 채로 교실을 나섰고 나는 너를 따라갔어. 나는 강선호라고 해, 나는 소정민, 그런 인사도 없이 나는 너를 그래, 처음 눈 뜬 오리가 엄마 오리를 쫓아가듯이 네 뒤를 따랐어. 네 진회색 이스트팩은 신입생인데도 어깨끈과 연결되는 부분의 실이 조금 풀려 있어서, 가방끈이 네 어깨에 안정감 있게 착 붙어 있어서, 나는 어쩐지 안심이 됐어. 내 가방이 마침 진초록 이스트팩이라서. 내 가방끈은 아직 내 어깨에 길들지 않았지만 나는 너와의 공통점이 반갑고 좋아서 그 실밥을 보며 교실을 옮겼어. 세영고는 가끔 TV에 출연해 공간이 사람을 디자인한다고 말하는 건축가가 지은 곳이었어. 예전 학교도, 내가 나온 중학교도, 긴 복도 한쪽으로 몰려 있는 교실이 나란히 운동장을 내려다보는 20세기 건물이어서 나는 '중정'이라 부른다는 중앙의 소용돌이 계단에 조금 놀랐어. 중정 가운데 자라는 나무도, 천창으로 햇빛이 쏟아져 내려오는 계단도, 그 공간을 둘러싼 벤치와 테이블 들도 모두 낯설었는데, 너는 거침없이 걸어서 4층으로 향했지. 사다리꼴 모양 책상들이 빙 둘러 원을 그리며 놓인 외국어실 벽에는 일본 전통 그림과 타코야키 야타이와 노렌 같은 장식품들이 걸려 있었어.

일본어 샘은 내 옷을 보고는 웃으며 말을 건넸어.

"ああ、転校生? 始めまして。"(전학생이야? 반가워.)

"始めまして、ソゾンミンと申します。よろしくお願いします。"(안녕하세요, 소정민이라고 합니다. 잘 부탁드립니다.)

나는 무심결에 대답해 버렸어. 네가 나를 봤어. 네 동그란 안경에 빛이 흔들렸어.

"先生、転校生って、学校を移してきた生徒のことですか?"(선생님, 전학생이라는 말, 학교를 옮긴 학생을 뜻하는 건

가요?)

너의 목소리가 교실에 울렸어. 듣기 샘플 같은 또렷한 발음에 나는 놀랐어. 그날부터, 그 이후로 줄곧.

모두가 너를 알지만, 아무도 너를 모르기도 했어. 너는 교실 청소를 마지막까지 하는 아이였어. 내가 책상을 살짝 들어서 다리에 낀 머리카락을 떼이 내고 있었더니 너는, 날 보고 웃었어. 책상을 밀기만 하면 머리카락이 다리에 엉켜. 쓸어도 잘 안 빠지지. 나는 네가 교실 모퉁이를 쓰는 동안, 문틀 사이에 낀 먼지를 쓸었어. 내 마음에 드는 쓰레받기를 쥐고 교실을 쓸고 있으면 너는 쓰레기 뭉치를 잔뜩 모아 내 앞에 왔어. 자리 뽑기에서 또 네 옆을 뽑은 나는 다음 달까지 네 짝이 되었지.

교복이 도착하고 내 가방이 어깨에 잘 붙게 되었을 때, 세영고 중정에서 길을 잃지 않고 외국어동과 과학동을 바로 찾아갈 수 있게 되었을 때. 중간고사 성적표가 부모님 휴대 전화로 발송된 그다음 날, 너는 학교에 나오지 않았어.

"1등이 강선호가 아니라고?"

"5등 안에도 못 들었어? 강선호가?"

애들은 네 이름을 곧잘 그런 식으로 말했어. 애들이 말하는 너는 다른 애 같았어. 수학 올림피아드에서 3등상을 받고, 과학 탐구 대회에서는 결국 2등을 했다고. 세상에 강선호가 하나 더 있는 게 아닐까. 청소를 좋아하는 너는, 책에 줄을 그을 때 꼭 자를 쓰는 너는, 맨날 나한테 지우개를 빌려 가는 너는, 빌려 간 지우개 모서리를 함부로 닳게 하지 않고 더러운 부분을 손으로 닦아서 돌려주는 너는, 지우개 가루가 쌓이면 잘 모아서 휴지로 싸 뒀다가 버리는 너는, 다른 애들이 말하는 강선호와는 다른 사람 같았어.

너는 목요일에 학교에 왔어. 나흘 만에, 아니 주말을 포함하면 엿새 만에 만난 네가 무척 아파 보여서 놀랐어. 가방에서 주섬주섬 꺼낸 노트가 몇 장이나 구겨져 있었어. 나는 항상 반듯한 제본 노트를 쓰는 네가 속지를 접는 것조차 싫어했던 걸 알아. 네가 쓰는 것 중에 스프링 노트는 연습장뿐이고, 그나마도 찢거나 구기지 않고 곱게 쓰는 너였어. 네 글씨는 잘 썼다고는 할 수 없지만 그래도 또박또박 알아보기 쉬운 글씨였어.

"아 씨, 한국사 노트……."

네가 빠진 사흘 중에 한국사 수업이 두 시간 있었지. 금요일은 한국사 노트를 내야 하는 날이었어.

"노트 빌려줄까? 복사하고 줄래?"

너는 동그란 안경 너머로 눈을 크게 뜨고는 고개를 끄덕였어. 나는 내 노트를 꺼내 건넸어. 필기가 필요한 모든 과목 노트가 있는 바인더. 남는 페이지가 생기는 게 싫어서 나는 중학교 때부터 필기를 이렇게 해 왔지. 너는 묘한 표정을 짓더니 복도로 나가서는 한참 만에 돌아왔어. 복사기를 쓸 일이 별로 없어서 그런 줄 알았어. 네가 복사해야 하는 필기는 두 시간치,

세 페이지뿐이었으니까.

다음 날 수업이 끝나자마자 나는 한국사 부분만 얇은 바인더에 옮겨서 제출했어. 청소 시간, 쓰레받기를 교실 밖 쓰레기통에 비우고 왔더니 노트들이 돌아와 있었지. 내 바인더는 맨 위에 있었어. 나는 끝 번호니까 이상할 건 없었어. 노트 맨 앞 장에는 A라고 적혀 있었지 내 자리로 돌아와 원래대로 큰 바인더에 옮기려는데 한국사 필기가 스물다섯 장 중 스무 장뿐이었어. 오늘 쓴 마지막 장은 제대로 있었지만 그 앞의 다섯 장이 사라진 거였지.

"어…….."

내 기색을 눈치챈 네가 얼굴을 찌푸리며 손가락을 입술에 가져다 대고는, 내 바인더를 통째로 들고 복도로 나가며 나에게 손짓했어. 나는 널 따라서 나갔지. 하교하는 아이들이 바삐 엄마 아빠와 통화하는 소리가 들리는 중에, 너는 내게 말했어.

"몇 장 없어?"

"어……?"

네가 그걸 어떻게 알아,라고 생각하려는 찰나, 너는 사물함을 열더니 집게로 철한 종이 묶음을 건넸어. 내 노트였어. 그래, 너한테 빌려줄 때는 필기가 모두 그대로였지. 돌려줬을 때도 사라진 페이지는 없었어. 노트를 얇은 바인더에 옮기며 분명히 확인했는걸.

"찢어도 티 안 나는 노트는 쓰면 안 돼. 누가 손댈지 모르니까."

"누가……."

아이들이 빠져나가고 어느새 홈베이스에는 너와 나만 남았지. 너는 아주 어린 아이를 보는 듯한 눈빛으로 날 봤어.

"너 명원에서 왔잖아. 이번 중간고사도 잘 봤잖아. 한국사 만점, 맞지?"

그게 왜 내 노트에 손을 댈 이유가 되는지 나는 알 수 없었지만, 내 표정에 너는 짧게 한숨을 쉬었어.

"너 내신 따려고 왔다고 생각해. 여기 전교생 수가 적어서 필수 과목도 1등급 다섯 명밖에 안 나와. 한국사 6등 7등 다 우리 반인 거 알아? 네 성적 낮출 수 있으면 뭐든 할걸? 물론 티 안 나게."

네 이야기는 꼭 어느 드라마나 영화 같은 데 나올 법한 말이었어. 나는 그보다, 네가 내 노트를 전체 복사해 두고는 이렇게 주는 이유가 더 궁금했지. 한순간이지만 네가 그 몇 장을 없앤 사람이 아닌지 의심도 들었는데, 너는 내가 이 상황에 멍해 보이는 게 화가 나서 견딜 수 없다는 표정으로 또 한숨을 쉬었어.

"……그까, 이거 다 복사하느라 오래 걸린 거야? 다 복사해도 상관없는데, 왜 나한테 도로 줘?"

"소정민, 노트 막 빌려주고 그러지 마. 네가 나한테 빌려주는 거 애들이 다 봤어. 다른 애들도 빌려달라고 그러면 다 줄 거야?"

나는 필기를 잘하려 노력하지만 나보다 더 잘하는 사람이 많다는 건 알고 있어. 애들이 빌리려고 한다면 내 노트는 아닐 거라고 생각했지만, 너한테 그렇게 말하면 안 될 것 같았어.

"어쨌든, 스프링 노트든 바인더든 안 쓰는 게 좋아. 상위권 애들이 괜히 제본 노트 쓰는 줄 알아? 아, 내가 왜 이런 이야기까지 해 주고 있냐. 명원에서 왔다면서 왜 이래, 넌."

나는 네가 화를 내는 게 이상하게 기분이 나쁘지 않았어. 네가 준 복사본으로 그날 집에서 노트 정리를 새로 했어. 중간고사 범위까지는 스테이플로 철하고, 기말고사 범위부터는 중학교 때 부상으로 받아 두고 쓰지 않았던 제본 노트를 꺼내 정리했어. 없어진 다섯 장은 모두 기말고사 범위라 새 노트에 썼어. 시간이 꽤 오래 걸렸지만 다른 과제가 없는 날이라 다행이었어. 아침에 일어나 보니 내가 잠든 사이에 아빠는 벌써 출근하고 없었어. 새벽 근무조가 시작됐으니 한동안은 아빠 얼굴을 보기 힘들 것 같았지.

필기 검사를 하는 과목은 하나씩 제본 노트로 바꿨어. 주말마다 만나는 대학생 멘토 샘에게 노트가 몇 장 없어진 일과 네가 들려준 이야기를 했어. 샘은 꼭 너처럼 한숨을 쉬었어.

"내가 나온 학교랑 비슷하네. 세영이 신설이라서 전교생이 적구나. 그럼 더하긴 하겠다. 학교장 추천도 내신 낮으면 서류 통과도 못 할 수 있으니까."

샘은 고등학생 때 멘토 샘이랑 공부한 게 도움이 돼서 고교생 멘토 멘티 결연에 참가했대. 샘은 고른기회 전형으로 국립대 화학과에 입학한 새내기였는데, 다른 동기들 뒷말에 힘들었다고 했어. 모두가 그런 건 아니지만, 정시로 들어온 재수생 한 명이 지역 균형 선발이니 뭐니 다 없애야 한다고 대놓고 말하고 다녔다나 봐. 그래서 샘은 중간고사를 잘 보려고 더 노력했대.

나는 중간고사 이후로 어떤 말이 돌고 있는지 몰랐어. 학원을 다니지 않아서 방과 후에 애들이 무슨 이야기를 주고받는지 알 수가 없었으니까. 내가 너와 같은 과외를 받는다는 소문이 돌 줄은 상상도 못 했어. 명원고는 직선거리로는 분명히 우리 집에서 가장 가까웠지만, 버스를 두 번이나 갈아타야 해서 실제로는 통학에 한 시간이 넘게 걸렸어. 버스로 30분 거리에 신설 학교가 있다고 해서 전학을 문의했고, 가능하다는 답변에 전학을 택했을 뿐이야. 짝과 몇몇 서운해하는 애들도 있었지만, 친구를 사귀기에 한 달은 너무 짧았으니까 별 미련 없이 세영고로 오기로 한 거였어. 명원고가 그렇게 아이들이 가고 싶어 하는 학교였는지, 한 학년에 12반까지 있다는 게 왜 좋은지 몰랐어. 주간 근무를 바꿀 방법이 없는 아빠는 전학 수속을 혼자 할 수 있겠냐고 물었지만, 어쩌겠어. 나는 초등학교와 중학교 입학과 졸업식, 고등학교 입학식과 마찬가지로 혼자 새 학교로 갔지. 전교생도 적다는데 학교는 참 크고 예쁘구나, 그런 생각밖에 하지 않았어.

　나는 사흘간 결석한 네게 무슨 일이 있었는지 몰랐지. 슬슬 하복을 입은 애들이 더 많아질 무렵, 너는 학교에 오자마자 화장실에 가서는 1교시가 시작된 뒤에도 돌아오지 않았어. 담임은 나보고 한번 가 보라고 했고, 나는 화장실 문 너머에서 네가 몸 안의 모든 것을 다 쏟아낼 듯이 토하는 소리를 들었어. 나는 그 소리를 알아. 아빠가 지난번 회사에서 해고되어 집에 있을 때 몇 번이나 들었으니까. 먹은 것이 없는데도 견딜 수가 없다고, 나는 아빠의 그 얼굴을, 그 목소리를 아직도 기억해. 그래서 아무도 없는 화장실에 성큼성큼 들어가서 네가 있을 칸의 문을 열었어. 너는 힘이 하나도 없는 얼굴로 나를 봤어.

　"소정민 너 왜⋯⋯. 아, 수업⋯⋯."

　비틀거리며 일어나는 너를 부축했어. 나보다 5센티는 큰 네 팔이 너무 가늘어서 놀랐어. 너는 나를 뿌리치고 세면대에서 푸우푸우 세수를 하더니 얼굴을 닦고 먼저 나갔지. 네 구겨진 교복을 펴 주고 싶었지만 너는 날 보지 않았어. 담임은 너를, 이어서 나를 보고는 말없이 진도를 나가기 시작했지.

　그 뒤로 나는 네가 사라질 때마다 불안했어. 네가 젖은 얼굴로 교실에 들어오는 일이 잦아졌어. 급식을 거르는 네 책상 위에는 핫식스나 레드불 따위가 늘어 갔어. 청소를 하다가 멍하니 빗자루를 들고 딴생각을 할 때도 많았어. 자리가 바뀌어 필

수 교과 수업에서 같이 앉을 수 없게 되면서부터 너는 내게 먼저 말을 거는 법이 없어졌어. 그렇지만 나는 네 옆자리에서 외국어 수업을 듣는 날이면 항상 눈길이 갔어. 너는 자를 쓰지 않고 줄을 긋기 시작했어. 주말이 지나면 네 노트는 때로 구겨진 걸 억지로 편 듯한 모양이 되어 있곤 했어.

"노트, 왜 그래?"

기말고사 바로 전날, 일본어 시간이었어.

"뭐가?"

"노트 구겨지는 거 싫어하잖아. 요새 자꾸 구겨져 있어."

"……그런 것도 보고 다녀?"

"보고 다니는 게 아니라 보이잖아."

다들 하는 네 이야기를 나도 들은 적이 있어. 내가 묻지 않아도 강선호의 이야기는 사방에서 들려왔으니까. 중학교 때 누가 네 노트를 말도 없이 가져가서 보다가 모서리를 구겼더니 모두가 보는 앞에서 네가 그 애를 무섭도록 몰아붙였다더라. 강선호가 성격 이상한 거 아는 사람은 다 안다고 애들은 그랬어. 강선호는, 영재 학교 1, 2차를 무난히 통과한 세원중 전교 1등은, 어째선지 3차 면접에서 불합격했다고 했어. 그 내신에 불합격이라니 얼마나 면접을 잘못 본 거냐며 불가사의하다고 했지.

"사람 그렇게 관찰하고 다니는 거 아니야."

나는 그 말이 갑자기 그렇게 서러웠어. 그래도 너는 세영고에서 내 첫 짝이고, 없어진 노트를 되살릴 수 있게 해 준 앤데. 길에서 지나치다가 부딪친 사람이라도 그렇게 쳐다보지는 않을 것 같은 눈으로 나를 본다는 게.

그래. 이 학교에서 너는, 나와 말을 나누는 유일한 사람이었어. 누구도 내게 먼저 말을 걸지 않는 이 세계에서.

기말고사가 끝나고, 나는 애들이 답을 맞춰 보는 소리를 듣다가 가방을 챙겼어. 커다란 바인더는 조금 더 두꺼워졌지만 내가 늘 들고 다니는 노트의 낱장이 없어지거나 하진 않았지. 사물함 문을 여는데 아주 정성껏 구겨서 공처럼 다져 놓은 종이가 보였어. 구겨져 있어도 그게 없어졌던 한국사 노트인 건 알아봤어. 시험 기간 내내 비워 두고 안 잠근 사물함 한가운데 얌전하게 놓여 있는 그 종이 뭉치를 보니 웃음이 나왔어.

그리고 네가, 내 뒤에 서서 그걸 보고 있었어.

너는 시험을 보는 며칠 사이에 더 야위었어. 네가 수학 만점을 받았다고, 네가 세계사 문제에서 복수 정답을 찾았다고, 그동안 너에 대한 이야기는 수없이 들려왔지만 아무도 네가 너무 야위었다는 말은 하지 않았어. 시험 보는 동안 내 자리는 너랑 너무 멀어서, 나는 네 얼굴이 이렇게 된 줄 모르고 있었지.

"너 영화 좋아해?"

불쑥 내가 물었어. 너는 얼떨결에 고개를 끄덕였어.

"애니메이션은?"

"……."

네가 너무 야위어서, 그 얼굴이 너무 슬퍼 보여서, 나는 무작정 널 이끌고 앞서 걸었어. 처음 만났을 땐 네 뒤만 따라갔던 내가 이번엔 네 앞을 걸었어, 학교 밖까지. 네가 그때의 나처럼 말없이 나를 따라왔어. 「명탐정 코난: 진홍의 수학여행」. 나는 그 제목을 잊을 수 없을 거야. 다행히 영화관에서 너는 학교에서보다 즐거워 보였어. 반반 팝콘을 절반밖에 못 먹고 나왔을 때 너는, 웃었어. 나는 그 웃음을 알아. 교실 청소를 하다가 내가 책상을 들어서 다리 밑의 머리카락을 빼고 있을 때면 너는 그렇게 웃곤 했어.

"애들이 내가 영재 학교 떨어진 거 이야기했지?"

나한테 이야기한 건 아니었지만, 들려오긴 했지.

"아무리 국제고 가고 싶다고 해도 안 된다 그러더라고. 영재 학교 자기 소개서를 일부러 엉망으로 썼는데 붙은 거야. 아빠가 내 아이디로 들어가서 딴 데서 써 온 자기 소개서로 바꿔 놨더라."

이렇게 길게 이야기하는 법이 없던 네 말을 나는 그저 듣고 있었어. 긴 영화관 복도를 내려가는데 우리 말고는 아무도 없었어. 아니, 있었을지도 모르지만 기억나지 않아. 그 공간엔 너와 나만 있는 것 같았거든.

"믿고 맡겼더니 한심한 짓을 했다고 아빠가 되레 큰소리를 쳤어. 엄마는 나보고 왜 그랬냐고 훌쩍거리고. 무슨 수를 써서

라도 불합격하고 말겠다고 결심했어. 면접에서 10분 동안 입 꾹 다물고 앉아 있다가 나왔어."

너는 쓴웃음을 지었어. 별거 아닌 지난 일처럼 말했지만, 너 같은 고민은 한 번도 해 본 적 없는 나라도 네가 어떻게 견뎌 왔을지는 짐작할 수 있었어. 화장실에서 몸을 웅크리고 있던 너를 알아서, 그 사이 부쩍 야윈 너를 알아서, 그냥 널 와락, 끌 어안았어. 너는 놀랐지만 밀쳐 내진 않았어.

"……이제 학교에서 나 모른 척하지 않으면 안 돼? 이런 이 야기, 담아 놓지 말고 힘들 때마다 나한테 해 주면 안 돼?"

내가 널 안은 채로 물었어.

"나랑 친해지면 너까지 괜한 말 들어. 지금도 힘들잖아."

"너 때문 아니야. 너 때문이면 또 어때. 나 학교에서 아무랑 도 말 안 하는데, 더 나빠질 게 있긴 해?"

네 어깨가 조금 들썩였어. 나는 네 얼굴을 보고 싶지 않아서 팔을 풀지 않았어. 네가 한숨을 내쉬었어. 너는 늘 나를 한심하 다는 듯 바라보며 한숨을 쉬지만, 그래도 나에게 너는 내 노트 를 살려 준 친구야. 제본 노트를 써야 하는 이유를 가르쳐 준 사람, 사물함 안에 구겨진 노트를 보고 나 대신 화내 준 유일 한 사람이야. 그래서 나는, 네가 나와 눈을 맞추고 이야기를 해 주면, 네가 토할 만큼 힘들 때 무슨 일이 있었는지 말해 주면, 그걸로 괜찮을 것 같아.

"너 진짜…… 답 없어. 알아?"

네가 말했어. 말끝에 웃음이 돌았어. 그래서, 기뻤어.

우리는 3학년 때까지 같은 반이었어. 확률이 없는 건 아니지
만 3년 연속 너와 같은 반이 된 걸 나는 기적이라고 생각하기
로 했어. 너는 다시 자를 대고 필기를 하게 되었지.

내일 오후 5시, 너와 내가 나란히 원서를 넣은 학교의 합격
자가 발표되는 시간. 아무래도 면접을 잘 본 것 같지 않아서
걱정이야. 하지만 또 알아? 우리가 3년을 함께 보낸 기적이 조
금 더 이어질지. 그렇게 완고하던 너희 부모님이 네가 원하는
과, 나와 같은 과를 쓰게 해 준 단 한 곳의 학교니까. 이 모든
기적이 이어진다면, 나는 무슨 일이 우리를 기다리고 있더라
도 버틸 수 있을 것 같아.

처음 내가 상자에서 나온 날이 언제였는지는 정확하게 기억 나지 않지만, 상자 안에서 들었던 목소리는 아직도 기억이 나.

"넌 딴 나라 와서 굳이 저걸 사고 싶니?"

"필요하니까 사는 건데 뭐. 한국 가서도 계속 쓰면 되지."

"그러니까, 사흘 뒤에 돌아가는데 그 사흘을 못 참고 굳이 호치키스를."

두 사람의 목소리는 내가 태어난 나라가 아닌 다른 나라 말을 하고 있었지. 어떻게 알아들었느냐고? 그야 우리는 귀가 있는 게 아니니까 언어의 울림으로 알아듣지 않고 알맹이를 듣거든. 사람들이 머리에서 만들어 내는 그 의미를 듣지. 아니면 우리가 어떻게 수출이 되겠어. 어떻게 쓰는지 몰라 이것저것 건드려 보다가 우연처럼 작동이 되는 경우가 있지? 그게 다 우리가 목소리를 듣고 반응한 거거든. 물론 우리 반응이 너희가 생각하는 방식과는 다르겠지만, 우리는 나름대로 사람들의 기대에 부응하고 있다는 말이야.

나는 '타이페이'라는 도시의 대형 할인 매장 문구 코너에 살았어. 이곳은 타이페이에 여행 온 외국인들은 반드시 들른다고 할 정도라서 늘 외국인이 붐비는 편이었지. 과자라든가, 과일 맥주라든가, 치약 같은 타이페이 명물을 선물용으로 잔뜩 사 가는 사람들이 많은데 사실 그건 우리 쪽과는 별로 상관이 없었어. 길을 잘못 들어서 문구 코너로 오는 사람들이 대부분이고, 혹시나 해서 왔던 사람들도 여기서 뭔가 사기보다는 맥주는 어디 있냐고 물어보는 경우가 많았거든. 그러니까 나는 내가 외국인의 손에 들려서 떠나게 될 수도 있다는 생각은 해 본 적이 없었어.

그래서 나는 '주인'이 집어 들었을 때 놀랐고, 카트에 담긴 다른 과자와 맥주랑 같이 계산을 마친 뒤에 나만 따로 가방에 챙겨 넣는 순간, 조금 설렜던 거야. 남들과 다른 삶이란 누구한테든 설레는 법이잖아? 무서운 마음이 들 수도 있겠지만.

호텔에 와서 상자 밖으로 나온 나에게 A5 중철 노트가 인사했어. 토끼 그림이 그려진 연한 녹색 표지에 '타이페이'라는 철자와 그 아래에는 날짜가 손 글씨로 적혀 있었어.

─넌 어디서 왔어? 그 나라에는 너 같은 노트가 많아?

─주인은 여행 갈 때마다 노트를 하나씩 만들거든. 내 크기가 좋다고 매번 안 떨어지게 사 두더라. 이번엔 웬일로 풀을 안 데리고 왔다

했더니 널 구했나 봐?

주인은 우리가 인사를 하는 줄 당연히 몰랐고, 나는 노트에 입장권, 즉석 사진을 또각또각 붙이면서 계속 이야기를 나눴어. 여행을 좋아하는 주인은 1년에 한 번은 해외로 나가는데 그때마다 영수증, 지도 같은 걸 모으는 노트를 만든다고 했어. 보통은 고체 풀이니 테이프로 붙이는데 이번에는 안 가지고 왔다고.

"이거 평철 스테이플러야. 좋은데?"

주인이 고개를 내밀고 침대 아래층에 말했어. 주인이 날 알아주는 게 기뻤어. 나는 심 뒤를 납작하게 눌러 줘서 철한 서류의 두께가 많이 불어나지 않는 신제품이었거든.

"평철이 뭐야? 아, 아니, 안 가르쳐 줘도 돼."

주인의 친구가 말했어. 날 왜 사느냐고 묻던, 날 보고 '호치키스'라고 했던 친구야. 괜찮아. 주인이 날 알아주면 됐으니까.

나는 주인의 여행 가방 속에 들어 있다가 노트와 함께 그날 일정을 정리하는 데 쓰였어. 옛 탄광 터에 가서 광부 도시락을 먹었구나. 온천에서 목욕을 했구나. 소원 비는 등을 날렸구나. 오늘은 우육면에 매운 장을 넣어서 먹었구나. 나는 여행을 함께하진 않았지만, 주인의 하루를 알 수 있었어. 활짝 웃는 얼굴의 즉석 사진을 보면 즐거운 여행을 하고 있는 것 같았어.

그러다 나는 비행기 화물칸에 실려 주인이 사는 나라로 왔어. 주인은 돌아오자마자 가방을 풀어서 빨랫감을 세탁기에 돌리고, 물티슈로 꼼꼼하게 여행 가방의 바퀴를 닦았어. 주인의 책상은 꽤 길쭉한 편이고 의자도 두 개가 놓여 있어서 조금 의아했어. 이 집에 다른 사람이 또 살고 있는 것 같지는 않았거든. 책상 위에 있는 '선배'들이 나에게 인사를 건넸어. 내가 타이페이에서 왔다는 말에 선배들은 별로 놀라지 않았어.

—안녕, 난 홍콩에서 왔어.

도자기로 빚은 연필꽂이가 말했어.

—나는 오타루에서 왔어.

부엉이 모양 도자기 인형도 말했어. 오르골 박물관 출신인 도자기 인형 아래에는 오르골이 달려 있어서 우리만 들을 수 있게 옛날 애니메이션 주제곡을 불러 줬어. 처음 들어 보는 오르골 소리는 어딘지 쓸쓸한 느낌이었어.

—난 제주도에서 왔어. 태어난 곳은 일본이지만 주인을 만난 덴 제주도. 수정 테이프처럼 생겼지만 장식 테이프지. 진짜 중요한 날에만 붙이는 '원픽'이야.

별 모양 장식 테이프가 말했어.

—아직 내가 제일 멀리서 온 거 맞지? 나는 미국.

책상 위에 놓여 있는 텀블러도 인사를 건넸어. 스테인리스 몸통에 신화에 나올 것 같은 그림이 커다랗게 그려져 있었어.

—'UC 오브 덴버'라고 알아? 주인이 어학 연수 가서 날 데려왔어. 3년 차니까 이 방에서 내가 제일 선배라고 할 수 있지.

—그건 외국 출신 중에서고. 제일 오래된 건 나잖아.

　연필꽂이 안에서 플라스틱 샤프펜슬이 소심하게 말했어. 누가 봐도 여기 온 지 3년은 넘어 보이긴 했지.

　—난 주인이 수능 본 해에 왔으니까. 대학 가서도 1년은 쭉 나만 데리고 다녔다고. 요샌 안 데리고 나가도 여전히 현역이야.

　주인의 방에는 여기저기에서 온 친구들이 모여 있었어. 나는 주인이 어딘가에 갈 때마다 기념품을 사 오는 사람이라는 걸 알 수 있었지. 냉장고 자석이나 열쇠고리, 스노볼, 유리 인형 그런 장식들. 주인은 특히 자주 쓸 수 있는 걸 하나씩 데려오길 좋아한다고 했어. 어학 연수 참가자들에게 준 텀블러를 계속 쓰는 걸 보면 물건을 잘 버리지도 않는 사람인 게 분명했어.

　대학원생인 주인의 수업은 일주일에 2, 3일이었지만 낮에는 거의 집에 없었어. 수업이 있든 없든 커다란 백팩에다 잔뜩 책을 챙겨서 나가서는 한밤중에 돌아와 잠만 잤어. 주말에는 한 명씩 손님이 찾아왔어. 중학교 1학년이 두 명, 2학년 한 명, 3학년이 또 한 명.

　금요일 저녁이나 토요일 점심, 아이들이 오지 않는 빈 시간에 찾아오는 사람도 하나 있었어. 주인과 많이 닮은 주인의 언니야. 주인과 종종 맥주잔을 앞에 두고 이야기를 나누더라고.

　"붙을 때까지 이렇게 과외 하면서 지내도 괜찮지 뭐. 수입은 오히려 발령 난 뒤보다 나을걸?"

　"이건 언제 그만두게 될지 모르는 일이잖아."

둘은 한동안 말없이 오징어채를 집어 먹었어.

"맞아, 여름 방학 때 여행 가지 않을래? 나 오사카 가려고 하는데, 너 일본어 좀 하잖아."

"일본어 못 해도 관광객은 별로 안 불편한데⋯⋯."

"너 문구 좋아하잖아. 오사카랑 교토에 캐릭터 문구점 많대. 같이 가자. 너 맨날 친구들이랑만 가고 나랑은 한 번도 안 갔잖아."

"알았어. 과외 없는 날로 잡아 볼게."

방에 먼저 있던 친구들 말로는, 주인은 원래도 말이 많지 않은 편인데 언니가 오면 특히 말이 없어진다고 했어. 가끔 통화하는 걸 들어 보면 부모님이 대학도, 임용 시험도 한 번에 붙은 언니랑 주인을 자꾸 비교하나 봐.

주인은 여름 방학이 올 때까지 아이들을 계속 가르쳤어. 수업하는 내용은 각자 달랐어. 나는 중학교 1학년 시영이가 좋았어. 1학년 두 명 중에 더 조그매서 마음이 쓰이기도 했지만, 시영이가 우리에게 제일 관심이 많고 우릴 조심스럽게 대했기 때문이야.

"선생님, 저 샤프심 하나만 주실 수 있어요?"

시영이는 항상 예의 바르게 말했어. 동갑인 주빈이는 "샘, 저 샤프심 없어요."라고 말하는데. 그리고 책상 서랍을 열거나 연필꽂이를 뒤지는 주빈이와 달리, 시영이는 주인이 허락

할 때까지 가만히 기다려. 시영이는 문제가 잘 안 풀릴 때 뒤통수를 긁어서 머리가 삐쭉 서는 것도 귀여워. 이건 우리 모두의 생각이라고 할 수 있어. 주빈이는 주인의 수능 샤프를 쓰다가 지우개를 반 토막 내기도 했어. 주인은 샤프 뒤의 지우개를 안 쓰는 사람이어서 속상했을 게 분명해. 그날 이후로 주빈이는 우리에게 제일 인기가 없어졌어.

주인은 시영이 엄마와 종종 통화를 했는데, 시영이는 애들이랑 잘 못 사귀나 봐. 얌전한 애라서 먼저 말을 잘 못 거는 것 같긴 해. 자신감이 없어서 학원을 그만두겠다는 표현도 잘 못하고 힘들어 한대. 주인도 시영이가 열심히 하려고는 하는데 잘 이해를 못 해서 여러 가지로 고민이 많아 보였어.

나는 한 달에 한두 번 정도 거실로 나가. 거실이라기보단 부엌과 이어진 작은 공간이지만 그래도 작은 TV와 2인용 소파가 있어. 주인은 월말이면 소파 앞에 앉아서 가계부를 정리해. 내가 활약할 차례야. 한 달치 영수증을 두세 종류로 분류해서 철하지. 주인은 매번 영수증 정리를 하고 나면 꼭 나를 열어서 안에 있는 심을 확인하고는 한숨을 쉬었는데, 왜 그러는지 말은 해 주지 않았어. 내 성능에는 아무 문제가 없는데 무슨 걱정인지 얘길 해 줘야 내가 힌트를 줄 텐데 말이야.

그러다 여름 방학이 돼서 주인은 닷새 동안 집을 비웠어. A5 노트들 말대로 여행에 따라간 건 투명 테이프였지. 주인은 어쩨선지 이상하다 싶을 정도로 날 쓰지 않았어. 가끔 날 들어서 바닥 면을 한참 보고는 내려놓더라고. 바닥에 적힌 내 심의 표준 사이즈인 24/6, 26/6이라는 숫자를 읽고는 아무것도 철하지 않고 내려놓는 거야. 내 안에는 심이 열두 개 남아 있는 채로 벌써 한 달을 넘긴 상태였어.

언니와 함께 돌아온 주인은 내가 왔을 때처럼 짐을 정리하고 여행 가방을 옷장 위로 올렸어. 우리는 누가 새로 책상 위에 올지 두근거리는 마음으로 기다렸지. 그런데 나타난 건 연한 바이올렛색 스테이플러였어. 등에는 'Max', 옆에는 'Vaimo 30'이라는 글씨가 적혀 있고, 애니메이션에 나오는 쥐 캐릭터가 그려져 있더라고. 길이는 나보다 조금 짧은데 도톰해서 전체적으로 동글동글한 인상이라 귀여워 보였지. 주인은 서랍을 열더니 조그만 상자들을 한 움큼 넣었어. 처음 보는 스테이플러 심이었지. 11호? 11호 심이 뭐지?

"스테이플러 심이 나라마다 다를 줄 몰랐지. 이번엔 심도 넉넉하게 사 왔으니 편하게 쓰면 되겠다."

주인의 언니가 옆에서 웃었어.

"외국에서 스테이플러 사는 애는 처음 봤어. 근데 생각할수록 대단하다. 30매나 철할 수 있으면 우리 반 애들이 낸 과제도 한 번에 다 묶을 수 있잖아."

"그래서 언니도 부른 거잖아. 잘 샀지?"

나는 당황해서 주인이 듣지도 못할 말을 외쳤어. 나도 20장까지는 철할 수 있어! 얇은 종이는 25장도 돼! 철하는 건 나 하나로 충분하다고! 그러다 급히 말을 멈췄지. 어차피 주인은 듣지 못하고, 나는 새로 온 스테이플러에게 너는 필요 없다고 말한 셈이 되었으니까.

—안녕. 나는 주인이 너무 기뻐하며 나를 고르길래 스테이플러는 내가 처음인 줄 알았어. 네가 있을 줄 몰랐네. 넌 24/6, 26/6 쓰는구나? 일본에서는 그 규격을 잘 안 써.

—미안해. 너 들으라고 한 말은 아니었어. 난 타이페이에서 왔어.

—만나서 반가워. 나는 수출품 포장이 안 되어서 평생 일본에 살 줄 알았는데 이렇게 다른 나라로 오게 되었네.

—우리도 다 그랬어. 나는 홍콩에서 왔어. 반가워.

내가 왔을 때와 마찬가지로 우리는 차례대로 자기가 어디에서 왔는지와 여기에서 지낸 시간들을 이야기했어. 스테이플러가 둘이라 친구들은 나를 '타이', 새로 온 애를 '보라'라고 부르기로 했어. 보라는 일본에서 온 다른 친구들도 있으니까 색을 따서 부른 거야.

주인은 그 뒤로 나를 한 번도 거실로 들고 가지 않았어. 보라는 안에 들어 있던 심을 다 쓰고 나서는 새 심을 받았어. 나는 크고 무거우니까 평철이 되지는 않아도 편하게 쓰기엔 보라가 낫겠지. 나는 계속 그렇게 스스로를 위로했어. 차마 친구들에게 우울하다고 말할 순 없었어. 1년에 서너 번밖에 안 쓰는 붉은색 두꺼운 유성 매직이나 리필이 없어서 사용하지 못

하게 된 지 1년이 넘었다는 테이프식 풀 같은 친구들도 있었
거든. 적어도 두 달 전까지는 거실 나들이를 했던 내가 무슨
말을 하겠어.

　여름휴가를 다녀온 시영이는 중학교 2학년 예습을 시작했
어. 도형의 닮음 단원이 특히 어려운 모양이었어. 도형이 닮았
다는 건 그냥 비슷하게 생겼다는 말 아니야? 나랑 보라가 닮은
것처럼. 내가 더 크고 길쭉하고 무겁고, 보라는 동글동글 통통
하고 가볍지만. 노트에 SAS, AA, 이런 알파벳이 적히고, 삼각
형들이 그려지는 걸 보면 수학인지 영어인지 아니면 미술인지
잘 모르겠더라고. 아이들이 가장 싫어하는 건 피타고라스 정
리였는데, 계속 삼각자 모양을 그리는 걸 보니 삼각자에 관한
내용인가 봐. 그래도 시영이와 주빈이가 문제를 다 풀고 활짝
웃을 때면 기분이 좋았어.
　우리를 제일 힘들게 하는 사람은 다현이었어. 우리가 힘들
이유가 뭐 있겠어? 주인이 힘들어하는 모습을 볼 때지. 다현이
엄마와 주인의 통화를 들어 보면 다현이는 늦은 사춘기를 보
내고 있다나. 그래서 엄마와도 많이 싸우고, 입시 문제로 신경
이 날카롭다고 매번 다현이 엄마가 주인에게 사과했어. 하지만
정작 다현이가 주인에게 사과하는 건 한 번도 들은 적이 없어.
　그날은 일요일 저녁이었어. 다현이는 고등학교 2학년 예습
진도를 나가느라 미적분 수업을 듣고 있었지. 한참 주인이 설

명하는 동안 기분이 안 좋아 보이더라고.

"잘 이해가 안 되니? 모르겠는 부분이 어딘지 말해 줄래?"

다현이가 펜을 빙글빙글 돌리면서 주인을 봤어. 위험 신호였어.

"이거 공식 없어요? 공식만 외우면 되잖아요. 왜 과정까지 다 알아야 해요? 문제는 풀리는데."

주인은 잠깐 당황한 것 같았지만 애써 웃었어.

"공식을 유도할 줄도 알아야 해. 여러 가지로 적용하려면. 다시 설명해 줄까?"

"아, 왜 처웃어."

다현이가 낮은 목소리로 중얼거렸어. 주인이 놀라서 말을 멈췄어.

"아 씨, 진도 빨리 나가서 끝나면 과외 그만둘까 봐 그래요? 왜 시간 끄는데."

얼굴에 웃음이 사라진 주인이 거실로 나갔어. 잠시 후에 벨소리가 나고 주인이 문을 열자 다현이 엄마가 들어왔어. 우리는 다현이 엄마와 다현이가 다투는 소리를 들어야 했어. 다현이가 주인에게 저런 건 처음이 아니었어. 다현이가 가방을 챙겨 나갔고, 다현이 엄마가 황급히 따라 나갔어. 거실에서 한숨소리가 났어. 아무리 기다려도 주인은 밤까지 방에 돌아오지 않았어. 그리고 그날 이후에 다현이 엄마의 전화가 왔어. 그래도 주인이 다현이와 가장 오랜 시간을 보낸 선생님이래. 믿을 수 없지만 주인을 대할 때 제일 공손한 거래. 중요한 시기니까 조금만 더 부탁한다는 연락을 몇 번이나 사양했지만, 주인은 가계부를 정리하다 한숨을 쉬더니 결국 다현이 집에서 다시 수업을 시작했어.

나는 여름 방학이 끝나고 날씨가 쌀쌀해지면서 아이들이 덧옷을 입고 올 무렵까지 한 번도 사용되지 않았어. 2학기 중간고사를 앞두고 주인은 중학교 1학년 두 아이와 내기를 했어. 약속한 점수를 받으면 주인의 물건 중 하나를 선물해 준다는 거였지. 중간고사가 끝나고 시험지를 가지고 와서 채점한 날에 환호성을 지른 사람은 시영이였어. 그동안 80점대 초반에 머물렀던 시영이가 92점을 받은 거야. 시영이는 기다렸다는 듯 단번에 날 골랐어.

"그거 한국 제품이 아니라서 맞는 심이 없을 텐데. 다른 게 낫지 않을까?"

나는 주인이 못 듣는 줄 알면서 외쳤어. 나는 국제 표준 심이라고! 시영이는 웃으며 대답했어.

"괜찮아요. 저는 샘 물건이면 좋아요. 샘 물건 있으면 수학 더 잘할 수 있을 것 같아서요."

"그런 거 믿으면 안 돼."

시영이는 나를 제 보조 가방에 소중히 넣으면서 말했어.

"샘이 사 준 노트로 공부해서 성적 올랐잖아요. 효과 있어요."

나는 어쩌면 시영이가 주인의 소지품 중에 안 쓰는 듯한 물건을 일부러 택한 게 아닐까 짐작했어. 친구들은 중학생 집으로 옮겨 가는 나에게 작별 인사를 건넸어. 보라는 자기 때문에 내가 방치된 게 아닌데도 미안하다고까지 했어. 보라는 11호 심이 아직 다섯 통이나 있으니까 나처럼 되진 않겠지. 평철은 못 하지만 30장까지 깔끔하게 묶는 유능한 스테이플러니까.

연한 연두색 벽지를 바른 시영이 방은 깔끔했어. 주인이 아이들과 공부하는 방보다는 조금 넓어 보였어. 책상은 주인의 것보다 작았지만. 주인이 시영이에게 날 줬으니까 시영이를 주인이라고 불러야겠지만, 금방 바뀌지는 않더라고. 곧 익숙해지겠지 뭐. 시영이 책상에 있는 친구들은 다들 근처 대형 마트나 학교 앞 팬시점 출신이라 타이페이에서 온 나를 놀라워하며 맞아 줬어. 사실 다른 나라에서 태어난 친구들도 꽤 있었는데, 애초에 수출품으로 포장되어 고향을 내세워 소개하진 않았어. 나에게 타이페이 마트에는 어떤 친구들이 있냐고 묻기도 했어. 내수용으로 태어나 비행기를 타고 다른 나라에 왔다니 신기해하기도 하고.

참, 시영이 방에는 특이한 점이 하나 있었어. 침대 벽면 가득 낯선 사람들의 사진이 붙어 있는 거였어. 방문 안쪽에도 같은 사람들의 포스터가 문을 거의 가릴 만큼 커다랗게 붙어 있었지. 시영이는 문제를 풀 때나 잠을 잘 때도 태블릿으로 음악을 틀어 놨어. 방에 원래 있던 친구들 말로는 요즘 중학생들에게 한창 있기 있는 7인조 아이돌 그룹이래. 계속 스트리밍을 돌려야 순위가 올라가서 팬이라면 기본이라고, 그 그룹의 배지가 가르쳐 줬어. 배지가 달려 있는 시영이 백팩은 엄청 과묵한 친구였어. 시영이는 다른 아이들이 주로 멘다는 고릴라 달린 백팩이나 캥거루 그림이 있는 백팩을 사고 싶어 했지만 엄마가 골라 준 이것도 좋다고 했대. 그래도 백팩은 시영이가 일순위로 꼽은 가방이 아니라서 여태 조금 마음이 상한 상태고, 배지는 팬클럽 가입까지 하면서 데려온 몸이라며 아주 자신만만했어.

어느 날 시영이 엄마가 나를 다른 데로 치우려고 했어.

"샘 말로는 외국 제품이라 심도 못 산다면서."

"괜찮아, 샘 기가 들어 있으니까."

엄마는 주인을 따르는 시영이가 귀여운지 어이없는 표정으로 웃으며 나를 찬찬히 살폈어.

"대형 문구점 가면 혹시 심이 있으려나? 그래도 기왕 받았는데 쓸 수 있으면 좋잖아. 엄마 회사 근처에 엄청 큰 사무용품 가게 있는데."

시영이 엄마는 곧바로 나를 챙겼어. 엄마가 이야기한 사무용품 가게는 지하에 주차장까지 있는 빌딩이었어. 많은 친구들로 가득한 곳이었지. 내가 살던 타이페이 마트의 문구 코너

정도는 되지 않을까? 평소에는 차분한 시영이의 들뜬 걸음에서 기대감이 느껴졌어. 엄마는 유니폼과 앞치마를 입고 있는 직원에게 가서 날 꺼내며 물었어.

"스테이플러 심을 찾으러 왔는데요. 이 숫자가 규격 같긴 한데……."

직원은 내 아랫면을 보고는 빙긋 웃었어.

"아, 이거 33호 심이에요. 우리나라에서는 33호라 부르고 외국에서는 26/6이라고 써요. 24/6는 심이 조금 더 굵은데 높이가 같아서 여기에 쓸 수 있어요. 따라오세요."

나는 손이 있다면 만세를 부르고 싶은 심정이었어. 역시 전문가는 다르구나. 직원은 놀란 눈의 두 사람을 데리고 스테이플러와 제침기 같은 제본용 도구들이 정리되어 있는 선반으로 향했어.

―넌 수리받으러 왔어? 여기서 못 보던 모델인데?

제본용 대형 스테이플러가 제일 먼저 말을 걸었어.

―심 때문에 왔어. 난 24/6, 26/6 사이즈야.

―어? 국제 규격으로 말하네. 어이, 미니, 너희랑 같은 규격이래.

한 손 안에 들어가는 조그만 스테이플러들이 날 보고 인사했어. 그동안 직원이 두 종류 심을 꺼냈어. 상자에 적힌 '33호'라는 글자 옆 괄호 안에 '26/6'이라고 쓰여 있었지. 그리고 나머지 한 상자에는 '24/6'라고 적혀 있었어.

"보세요, 거의 차이가 없죠? 이게 좀 가늘고, 이게 좀 굵고.

어느 쪽으로 가져가실래요? 지금 여기 들어 있는 심은 24/6
여서 조금 굵은 건데요. 두껍게 철하는 경우가 많으면 24/6나
26/6 스트롱 쓰셔도 되고요. 사실 일반적으로는 그냥 33호 쓰
셔도 괜찮아요."

직원의 말에 나는 계속 고개를 끄덕이고 싶은 기분이었어.
시영이와 엄마는 서로 쳐다보며 웃더라고. 직원이 날 여기저
기 들여다보더니 미소 지으며 돌려줬어. 엄마는 33호(26/6),
24/6, 26/6 스트롱까지 모두 세 통을 샀어. 시영이는 주인의
집으로 가는 차 안에서 나한테 26/6 스트롱 심을 넣어 줬어.
새로 심이 들어오니 예전처럼 활발하게 일할 수 있을 것 같아
서 기분이 좋았어. 심을 넣는 시영이의 손길에서도 부푼 마음
이 전해졌어.

시영이는 신나서 주인에게 내 심을 산 이야기를 했어. 나는
주인이 서운해하진 않을까 생각했는데 오히려 조금 웃더라고.
"그러게. 사무용품 전문점에 가서 물어볼걸 그랬어. 나는 당
연히 심을 못 구할 줄 알았거든. 이건 너한테 갈 인연이었나
보다."

주인은 시영이 어깨를 톡톡 두드렸어. 시영이가 기분 좋게
웃었어. 나는 오랜만에 그동안 못 만난 친구들과 인사했어. 보
라는 내게 맞는 심을 찾았다는 말을 듣더니 자기 일처럼 기뻐
했어. 우리는 장식용이 아니니까, 어떤 의미를 붙이든지 꾸준

히 즐겨 사용해 줘야 제일 좋으니까. 오랫동안 주인의 손도 만져 보지 못한 유성 매직에게 조금 미안하더라. 그래도 유성 매직이 꼭 필요한 순간이 있으니까 아예 장식용으로만 말라 갈 일은 없으리라고 믿어.

수업이 끝나고 시영이가 짐을 챙기는데 벨 소리가 들렸어. 오늘 2학년 수완이가 갑자기 시간을 당겼나 봐. 그런데 하필 시영이를 데리러 오는 엄마에게 차가 밀린다는 연락이 왔어. 시영이는 거실에서 엄마를 기다리기로 했어. 나는 그만 책상 위에 남았어. 시영이가 정신없이 나서느라 날 못 봤나 봐.

"너 왜 안 가?"

"엄마 기다려야 돼서……."

시영이가 말끝을 흐렸어. 수완이는 뭔가 마음에 안 드는지 투덜거리면서 책상 자리에 앉았어.

"왜 반말이야, 1학년이."

"시영이는 너 2학년인 줄 모를걸? 같은 학교가 아니잖아."

"샘은 왜 편들어요."

"누가 편을 들어. 심통 부리지 말고."

수완이는 아마 오기 전부터 화가 나 있던 모양이야. 주인이 무슨 말을 했든 화를 냈겠지. 수완이는 나쁜 애는 아니야. 다만 감정이 급하게 바뀌고 표현이 서툰 아이일 뿐이지. 그때 자리에서 벌떡 일어나려던 수완이 손에 스치면서 나는 하늘을 날아 바닥에 떨어졌어. 처음 듣는 소리가 났고, 어디선가 나사 같은 게 움직이는 느낌이 들었지. 나는 직각으로 비틀려서 한 번도 해 본 적 없는 자세로 바닥에 누워 있었어.

"최수완!"

"일부러 그런 거 아니에요. 그냥 잘못 부딪혀서······."

주인이 비틀린 날 집어 올리더니 거실로 나갔어.

"시영아, 어떻게 하지?"

시영이가 날 받아들고, 조심스럽게 살폈어. 난 망가졌을까. 새 심을 받은 날 망가지다니 너무하잖아. 그런데 그런 것치곤 난 이상하게 기분이 좋았어. 아니, 적어도 망가지는 기분이 뭔지는 안다고. 배우지 않아도 아는 거야, 그런 건. 난 어쩐지 새로운 일이 시작되는 것 같은······ 어떻게 비유하면 좋을까. 그냥 볼펜인 줄 알았는데 사실은 내가 지워지는 볼펜이었다는 비밀을 깨달은 기분. 사람들처럼 비유하자면 처음 줄넘기를 성공한 순간의 기분. 시영이는 날 한참 보더니 조심스레 나를 원래대로 되돌렸다가, 다시 직각으로 움직였어. 와, 나 이 방향으로도 움직일 수 있었구나.

"안 망가졌어요! 원래 이렇게 움직일 수 있나 봐요, 선생님."

그때 벨이 울리고 인터폰으로 시영이 엄마의 얼굴이 보였어. 시영이는 나를 소중하게 가방에 넣었어.

집으로 돌아온 시영이는 나를 이리저리 만져 보며 고민하기 시작했어. 신문지를 가지고 이렇게 저렇게 철을 해 보기도 했지. 직각으로 돌아간다면 그 동작으로만 할 수 있는 기능이 있을 거라고 엄마가 말했거든. 그러다가 휴대 전화로 검색해 본 엄마가 인쇄용지를 열 장쯤 가져와서는 절반으로 접었어. A5 크기가 됐지. 엄마는 내 머리를 직각으로 돌리더니 접힌 부분을 철했어. 머리가 서 있는 방향으로 철해졌어. 다른 쪽 접힌 부분에도 한 번 더 똑같이 했더니 와, 노트가 됐어! 술이 하나도 없는 노트. 난 그제야 주인이 여행 때마다 만들었던 노트들을 떠올렸어. 주인이 날 계속 갖고 있었더라면 좋았을걸. 내가 노트를 만들 수 있는 줄 알았으면 좋았을걸. 그랬다면 내가 매번 새로운 여행을 시작하게 해 줄 수 있었을 텐데. 하지만 지금은 이제 내 새 주인이 된 시영이가 나를 쓸 방법이 늘어난 것이 무엇보다 기뻤어.

"잘됐다. 진짜 좋은 선물이잖아. 아니, 원래도 좋은 선물이었지만."

엄마가 말했어. 시영이가 활짝 웃었어.

"나 이걸로 연습장 만들래. 수학 연습장. 샘 노트랑 똑같은 A5 크기니까 분명히 더 잘 풀릴 거야. 수학도 더 잘하게 될 거야. 그렇지?"

시영이 말에 엄마도 웃었어. 연습장을 바꾼다고 문제가 잘 풀리겠느냐는 소파 쿠션에게, 나는 시영이가 못 듣는 줄 알면서도 그런 말 하지 말라고 힘껏 소리쳤어. 시영이는 선생님 물건 중에 하나를 가져도 좋다는 말에 날 골랐어. 무엇이든 가져도 된댔는데 굳이 날 골랐어. 주인이 늘 쓰는 볼펜, 늘 쓰는 필통, 뭐든 가져올 수 있었는데 왜 날 골랐겠어. 그건 내가 주인 물건이면서도 주인이 안 쓰고 있어서 아니었겠어? 선생님의 물건을 갖고 싶지만 선생님이 조금이라도 불편해지는 건 싫어서. 시영이는 그런 애야. 나는 그런 시영이에게 내가 해 줄 수 있는 일을 할 거야. 시영이가 바라는 대로 선생님의 기운이 담긴 노트를 만들어 주고 싶어. 시영이는 내가 망가지지 않았다는 걸 믿고, 내가 할 수 있는 다른 일이 있다는 걸 찾아 줬어. 시영이가 나한테 새 삶을 준 거야. 나는 이젠 시영이를 주인이라고 부를 수 있을 것 같아.

"그러니까. 내가 어떻게든 의사 샘한테 알아냈어야 하는데. 애매하게 아기들은 귀여워서 어느 색이나 다 어울리지요,라니 그게 뭔 말이야. 내가 딸인 줄 알았으면 갤 낳았겠어, 민주 하나면 되지. 난 딱 딸 하나 아들 하나 낳을 생각이었다니까."

그 이야기를 들은 건 아마 초등학생 때였다. 3학년이었는지 4학년이었는지 정확히는 기억나지 않지만, 집에 와서 엄마가 안방에서 통화 중인 걸 알고 방해가 될까 봐 조심조심 방으로 들어가려던 순간에.

딱히 놀라거나 슬프진 않았던 걸로 기억한다. 그 통화를 듣기 전에도 나는 어렴풋이 짐작하고 있었나 보다. 세상에서 가장 잘난 우리 맏이 민주, 우리 귀한 3대 독자 형주. 그사이에 권성주, 나는 '우리'가 붙지 않는 아이였기 때문에. 언니나 권형주와 달리 난 엄마는 별로 안 닮고 굳이 말하자면 아빠만 조금 닮았다. 그래서 일일 연속극처럼 엄마가 다른 자식이라는 출생의 비밀이 있다고 해도 별로 안 놀랐을 것 같다. 아니 어쩌면 내가 데려온 아이가 아니라는 사실이야말로 놀라울지도.

민주 언니는 어릴 때부터 뭐든 잘했다. 공부만 잘하는 게 아니라 미술도 음악도 다 잘했다. 운동회를 하면 계주 마지막 주자로 뛰었고 미술 대회에는 학교 대표로 나가고 합창단에서는 독창을 맡았다. 항연초등학교 권민주는 그런 애였다. '또 쟤야?'의 '쟤'. 그리고 나는 '쟤가 권민주 동생이라고? 정말?'의 '쟤'였다. 다섯 명이 100미터 달리기를 하면 2등이나 3등을 하는 아이. 글을 못 쓴다는 소리는 듣지 않지만 백일장에 대표로 나갈 수는 없는 아이. 구구단을 못 외워서 나머지 공부를 할 정도는 아니어도 8단을 외우는 건 반에서 열 번째 바깥인 중간. 언니를 아는 사람들은 언니와 내가 닮지 않았다는 것에 한 번 놀라고, 내가 언니처럼 우등생이 아니라는 것에 또 놀랐다. 그리고 권형주가 3학년이 되고 내가 5학년이 됐을 땐 완전히 반대 상황이 펼쳐졌다. '쟤가 권형주 누나야? 정말이야?' 언니를 기억하는 선생님들은 아마 그랬을 거다. '권형주가 권민주 동생이라며? 역시.'라고.

5학년 때, 중학교 1학년인 언니가 친구 중에 외국에 한 번도 안 가 본 사람은 자기밖에 없다며 여름 방학 한 달 전부터 전교 1등을 하면 해외여행을 가자고 졸랐다. 그건 언니가 이기는 게 당연한 내기였다. 언니는 여태까지 친 모든 시험에서 틀린 문제 수가 내 중간고사 영어 오답 개수보다 적은 사람이었다. 아빠 엄마는 언니가 뭔가 조른 게 처음이라며 미리 여행 상품을 열심히 찾았다. 언니가 가고 싶어 하는 곳은 일본 홋카이도였다. 더위를 싫어하는데 삿포로는 여름에도 시원하다는 말을 들었다고 했다. 아빠는 5인 가족이 동반힐 수 있는 저렴한 패키지를 검색해서 결제했다. 언니는 전교 1등을 했고, 나는 처음 여권을 만들어 다른 나라 땅을 밟았다.

삿포로와 오타루, 노보리베쓰 온천까지 4박 5일의 일정은 빠듯해도 즐거웠다. 아침에 호텔에서 먹는 카레도, 마음대로 마실 수 있는 오렌지 주스도, 생글생글 웃는 친절한 직원들도 좋았다. 나와 권형주와 딴 남매 둘, 팀에서 이렇게 네 명뿐인 초등학생들은 언제나 장식이 꽂힌 어린이 정식을 먹었다. 나는 어린이라고 더 웃어 주고 시선을 맞춰 주는 사람들이 좋아서 늘 여행처럼 지내고 싶다고 생각했다. 말은 하나도 안 통하는데도.

마지막 날, 우리 일행은 아울렛에 들렀다. 2층짜리 쇼핑센터에서 자유롭게 두 시간을 보내고 공항으로 향하기로 했다. 가족마다 한글로 된 지도를 한 장씩 받고 흩어졌다.

"엄마, 나 레고. 여기 레고 매장 있어."

"야, 권형주. 너 몇 살인데 아직 레고야."

"어른들도 레고 많이 해!"

"아이고, 여기까지 왔는데 기념으로 하나 사지 뭐. 가자, 가자. 민주는 어디 가고 싶은 데 없어?"

"나는 서점."

"일본어도 못 하면서 책은 왜 사?"

"바보 권형주. 서점에서 문구도 팔거든."

나는 티격태격하는 둘을 보며 가만히 있었다. 여행 오기 전에 부모님은 다섯 명을 한 팀으로 만들기가 얼마나 성가신지 계속 이야기했다. 네 명이서 남자 한 방, 여자 한 방 쓰면 간단한데 일본에는 3인용 방이 흔치 않다고 했다. 나는 마지막의 마지막 순간까지 엄마 아빠가 나를 외할머니 집에 맡기고 가지 않을까 걱정했다. 외할머니는 내가 엄마를 닮지 않은 데다 날 낳고 엄마가 많이 아팠기 때문에 날 좋아하지 않았다. 그걸 숨기려고도 하지 않았다. 셋째는 무리라는 말을 들은 엄마가 어렵게 낳은 3대 독자 권형주를 두고 가는 선택지는 없었다. 그러니까 나는 이 여행의 '덤'이어서 부담을 주면 안 된다고 생각했던 거다.

레고 가게로 향하는 길에 서점이 먼저 눈에 들어왔다. 언니는 곧장 문구 코너를 찾아서 한참 고민하다가 샤프, 볼펜, 형광펜 몇 자루와 노트 몇 권을 샀다. 생각보다 값이 나갔는지 아빠 표정이 잠시 굳었지만, 서둘러 계산하고 권형주가 원하는 레고 가게로 갔다. 정신없이 구경하던 권형주는 우주선과 헬리콥터 사이에서 고민하다가 우주선을 골랐다.

"야, 권형주. 그거 14세 이상이래."

"뭐래, 나는 만들 수 있거든."

"도와 달라고 하기만 해 봐라."

언니 말에 권형주가 입을 비쭉 내밀었다. 나는 결국 어느 가게에도 들어가지 않았다.

"야, 권성주. 너 아무것도 안 샀지? 이거 써."

집에 돌아와서 짐을 정리하고 있을 때 언니가 나에게 봉투를 내밀었다. 서점에서 산 샤프였다. 나는 놀라서 아무 말도 못하고 언니를 봤다.

"두 개 샀어. 하나 너 써."

"아유, 우리 민주. 언니라고 동생 거 챙겼어?"

엄마가 흐뭇하게 웃었다.

"나 연필 있는데……."

"그러니까. 너 5학년인데 언제까지 연필 쓸 거야. 샤프 써."

"권성주 안 쓰면 나 줘. 나도 샤프 쓸래."

"3학년은 연필 쓰세요. 너는 레고 샀잖아."

탐내는 권형주를 보며, 내가 안 받아도 언니가 쓸 것 같지는 않아서 샤프를 받았다. 샤프 한가운데에 동그란 마크가 있었다. 적혀 있는 일본어는 무슨 말인지 알아볼 수 없었다. 그게 내 첫 샤프였다. 동그란 마크가 그 샤프의 상징이라는 건 나중에야 알았다. 아이들은 내가 샤프를 쓰기 시작했다는 데 놀랐다. 필기구에 관심이 많은 친구들이 일본에서 유명한 샤프라고 알려 줘서 나는 그걸 하나 더 사서 선물해 준 언니에게 새삼 고마웠다.

그런데 샤프라는 필기구에 도저히 익숙해지지 않았다. 뭉툭해지지 않으니 매일 깎지 않아도 돼서 편리하긴 한데 어쩐지 내가 쓰려고 했던 글씨 모양이 아닌 것 같고, 줄도 조금 다르게 그어지는 것 같았다. 다른 애들에게 물어봤지만 무슨 소리냐며 웃기만 했다. 나는 계속 연필을 깎았다. 어차피 권형주가 저녁마다 내 책상 위에 뭉툭해진 연필 일곱 자루를 올려놨고 나는 그걸 깎는 김에 내 연필도 깎았다. 내 연필과 권형주의 연필을 기차 모양 연필깎이에 넣고 돌리면 조금씩 떨리는 느낌이 손에 전해 오는 게 좋았다. 권형주는 귀찮다고 싫어해도 나는 저녁밥을 먹고 책상에서 연필을 깎는 시간이 좋았다.

"성주는 민주하고 너무 다르단 말이야."

아빠는 가끔 TV를 보다가 중얼거렸다.

"당신 닮아서 그렇지. 민주 형주 다 나 닮았는데 쟤만 당신 판박이잖아."

엄마 아빠가 그렇게 실랑이하면 나는 조금 더 움츠러들어서 거기 없는 사람처럼 있었다. 그러면 언니가 갑자기 다른 말로 이야기를 돌렸다. 자기가 나간 대회 이야기, 나갈 대회 이야기. 그제야 나는 겨우 숨을 쉴 수 있었다.

이윽고 나는 중학생이 됐다. 언니가 다니는 중학교였다. 잠깐 잊고 지냈던 일들이 다시 시작됐다. 1학년에 권민주 동생이 입학했대. 선배들도 선생님들도 권민주 동생 권성주를 찾아 우리 반에 왔고, 누구한테 묻기 전에는 나를 찾지 못했다. 항연초등학교의 권민주는 항연중학교의 권민주가 됐다. 와, 진짜 하나도 안 닮았어. 친동생 맞아? 초등학생 때도 들었던 이야기에 나는 아무것도 들리지 않는 듯이 가만히 있었다. 내가 못난 동생인 건 언니한테 흠이 안 됐지만, 내가 성질이 나쁜 동생인 건 언니에게 흠이 될 수 있으니까. 2학년이 되어서도 나는 별로 달라지지 않았다.

"민주 동생이잖아. 너도 열심히 하면 언니만큼 할 수 있어. 민주 3년 내내 1등 하다가 지금 항연고에서도 톱이라면서."

2학년 담임 선생님은 그렇게 말했다. 권민주 동생이니까 나에게도 분명히 잠재력이 있을 거라고. 하지만 잠재력이 뭘까. 나는 언니가 물려준 책을 봤고, 언니와 같은 학원을 다녔다. 아빠 엄마는 내가 언니보다 모자라다고 했지만 언니보다 열심히 하지 않는다고 말하진 않았다. 다만 언니는 몇 번 연습하시 않아도 금방 해낸 2단 줄넘기가 내겐 너무 어려운 일이었고, 언니가 슥슥 그리면 균형이 맞던 정물화도 내가 끙끙대며 그리면 균형이 맞지 않았다. 언니가 한 시간이면 읽는 책을 나는 서너 시간을 들여 읽었다. 단지 그뿐이다. 나는 최대한 언니를 따라가려고 했다. 언니가 도달한 위치까지는 가지 못해도 언니가 한 만큼, 아니 그 이상으로 언니처럼 되려고 노력했다. 언니가 문제집을 두 번씩 푼다고 해서 나는 세 번씩 풀었다. 하지만 언니는 만점만 받던 시험에서 나는 90점을 겨우 넘겼다. 나는 조금만 덜 열심히 했다가는 그조차 받을 수 없음을 잘 알았다. 나는 모자란 아이지만, 잘못 태어난 아이지만, 그래도 언니와 아주 조금은 가까워질 수 있기를 바랐다. 그렇게 언니가 준 샤프로 공부하면서.

중학교 3학년 교실에는 이제 권민주 동생 권성주를 찾는 사람이 없어서 좋았다. 이미 그럴 사람들은 벌써 나를 다 알고 있었다. 소명이를 만난 건 올해 봄이었다. 까무잡잡한 얼굴에 커다란 운동 가방을 메고 땀을 잔뜩 흘리며 학원에 나타나서 놀랐더니 애들 말로는 학교에서 채소명을 모르는 사람은 없다고 했다. 흔하지는 않은 성이라 어디서 들었더라 했더니, 축구부랬다. 이름이 예쁘다고 생각했던 기억이 났다.

"앗, 권성주다! 너도 이 학원 다녀? 잘됐다!"

채소명이 먼저 인사를 했다. 같은 반도 아닌데 원래 친한 사이처럼 반가워하는 기색에 놀라서 대답을 못 하고 있는데, 채소명이 다른 아이들에게도 한 명씩 아는 척하기 시작했다. 2학년 때 옆 반이었고 올해도 옆 반이래서 기억을 못 한 내가 미안해지려는데, 채소명이 히죽 웃으며 말했다.

"작년 학예제 때 4반 연극 했잖아. 너 주인공 엄마 역이었고."

대사가 별로 없는 데다 미움받는 역할이라 다들 안 하려고 해서 맡았던 역이었다. 그걸 기억하는 게 더 놀라웠다.

"나 수학 잘 못 하니까 너한테 좀 물어볼게. 축구 연습하면서 운동장 달리고 나면 외웠던 공식도 다 까먹는다니까. 알겠지?"

"나도 잘 못 하는데……."

내 말에 채소명이 웃었다.

"너 공부 잘한다던데? 너네 반 애들이. 90점 안 넘는 과목 없다면서? 그럼 잘하는 거잖아. 나는 수학 50점도 어려워."

더 정색하고 공부를 못한다고 하면 채소명을 무시하는 일이 될 참이었다. 나는 할 수 없이 소명이가 물어보면 조금씩 가르쳐 주기로 약속했다. 그러다 답답하면 소명이가 먼저 다른 사람에게 물어볼 거라고 생각하면서.

"너도 녹색 좋아해?"

힐끗 내 손을 보면서 소명이가 말했다. 내 손에는 연두색 샤프가 들려 있었다. 언니가 작년에 새로 준 샤프였다.

2학년 겨울 방학 때, 언니는 학원 숙제 하는 나를 보고 놀라 물었다.

"야, 이거 아직 써? 난 벌써 망가져서 버렸는데. 너 물건 되게 오래 쓰는구나."

"……망가졌으면 이거 도로 줄까?"

내 말에 언니가 어이없어 하며 웃었다.

"야, 내가 줬다가 뺏는 사람이야? 됐어. 신기해서 그랬지. 그거 초기 모델이라 고장이 많다던데. 심이 안 뭉툭해진다고 해서 샀는데, 잘 부러져서 난 좀 별로더라고. 넌 괜찮아?"

"어, 잘 모르겠어."

내 말에 언니가 또 웃었다. 중학생이 돼서도 연필을 쓰려는 내게 엄마는 언니가 준 것도 있으니까 남들처럼 그냥 샤프를 쓰라고 했다. 더 이상 연필을 쓰지 않는 권형주가 저녁마다 연필 깎는 소리가 거슬린다고 엄마한테 투덜댔다고 했다.

"샤프는 글씨가 안 예쁘게 쓰여서 연필이 좋아요."

알겠다고 하면 좋았을걸. 몇 년이나 제 연필을 깎아 줬는데 이제 와서 시끄럽다고 하는 권형주가 미워져서, 나는 조금 뾰족하게 말했던 것 같다.

"꼭 공부 못하는 애들이 도구 탓해. 네 언니는 초등학생 때부터 샤프 써도 글씨 이쁘게 잘만 쓰는데."

나는 그 뒤로 아무리 샤프가 불편해도 연필을 쓰지 않았다. 언니가 준 샤프가 이상하다는 말을 할 수 없었고, 괜히 필기구 탓하는 사람으로 보이고 싶지도 않았다.

"잠깐만, 나 생일 선물로 받았는데 안 쓰는 샤프 있거든. 그거 줄게."

"이거 써도 돼."

내가 말리든 말든 언니는 포장도 뜯지 않은 연두색 샤프를 내 앞에 놓았다.

"이건 심이 안 부러진대. 유행인가 봐. 똑같은 샤프 두 개나 선물받았는데, 나 연두색 안 좋아하잖아. 난 핑크색 쓰니까 이건 네가 써. 괜히 권형주 보기 전에. 연두색은 남자 색이니 어쩌니 하면서 가져가려고 할 거야."

"그럼 권형주 줘도 되는데."

내 말에 언니가 얼굴을 찌푸렸다.

"야, 권성주. 내가 너 준다잖아. 이거 권형주 주면 나 너랑 말 안 한다."

언니는 샤프를 놔둔 채로 나갔다. 나는 동그란 마크의 샤프를 서랍 안에 넣고 언니가 새로 준 샤프를 뜯어서 슥슥 써 봤다. 아, 다르구나. 이건 다른 느낌이었다. 하지만 연필과 같으냐고 하면 그건 아니었다. 더 좋은 샤프라는데. 그래도 전에 쓰던 것보다는 나아서 나는 새 샤프를 쓰기 시작했다. 권형주가 웬 거냐고 물어도 절대 안 주겠다 다짐했다. 갖고 싶으면 똑같은 걸 가질 방법은 얼마든지 있으니까.

2학년 때부터 나는 권형주가 집에 오는 소리가 들리면 방문을 잠갔다. 거실이나 식탁에서 공부하지도 않았다. 1학년 때 거실에서 수학 문제가 안 풀려서 고민하고 있는데 옆에서 보던 권형주가 순식간에 풀어 버린 적이 있다. 권형주는 퇴근한 아빠가 집에 들어오자마자 자랑을 해 댔다. 나는 엄마 아빠에게 초등학생도 푸는 문제를 못 풀었다고 혼났다. 그런 건 한

번이면 충분하다. 권형주는 자기가 칭찬받으면서 나를 괴롭힐 방법을 잘 알고 있었다. 권형주가 섣불리 건드릴 수 없는 잘난 권민주에게는 통하지 않는 방법이었다.

채소명은 학교 축구부에서 스트라이커였다. 축구 말고도 운동이라면 못하는 게 없었다. 다른 학교와 친선 경기가 열리는 일요일에 나는 도서관에 간다고 핑계를 대고는 시합을 보러 갔다. 채소명은 멀리서도 한눈에 들어오는 애였다. 짧은 곱슬머리. 그을린 아이들 틈에서도 유난히 더 짙은 얼굴. 곧고 긴 다리가 땅을 박차고 달리기 시작하면 누구도 그 흐름을 막지 못했다. 우리 학교 수비수가 실수하면서 두 골을 내줬지만 채소명이 두 골, 2학년의 한 아이가 추가 골을 넣어서 3 대 2로 이겼다.

"소명아, 수고했어!"

"엄마!"

내 옆에서 응원하던 아주머니가 채소명의 엄마였다. 채소명보다 얼굴이 더 까맸다.

"나란히 앉아 있었네. 엄마, 얘가 권성주야. 내 수학 샘!"

"그래? 고마워라. 소명이한테 얘기 많이 들었어. 아줌마 학교 앞에서 분식집 하는데, 성주는 한 번도 못 봤네?"

들은 적 있었다. 베트남 분식집. 학교 마치고 친구들이 자주 갔지만 나는 한 번도 간 적이 없었다. 학교 숙제, 학원 숙제를 하려면 분식집에 들를 시간이 없었기 때문이다. 고등학교에 간 선배들이 아주머니 떡볶이와 간장 비빔국수를 못 잊고 찾아오기도 한다는데, 소명이 엄마가 하시는 줄은 몰랐다.

"얘 뭐든 엄청 열심히 하느라 바빠. 공부도 잘하고."

소명이가 말하는 사람이 내가 아닌 것 같아서 나는 쑥스럽게 서 있었다.

"우리 엄마 비빔국수 맛있는데 같이 먹자."

"그래, 성주는 돼지고기 괜찮니?"

"저 아무거나 잘 먹어요."

비빔국수에 웬 돼지고기인가 했는데, 음식을 받고 나서야 무슨 말인지 알았다. 뿌려서 비벼 먹는 작은 간장 그릇이 함께 나오고, 국수 위에는 구운 돼지고기, 어묵, 채소, 스프링롤이 올라가 있었다. 쑥갓과 비슷하게 생겼지만 더 연하고 부드러워 보이는 채소도 작은 접시에 따로 나왔다.

"그거 고수인데, 한번 맛보고 안 넣어도 괜찮아. 우리 소명이는 좋아하는데 싫어하는 사람도 많거든. 향이 진해서."

나는 작은 이파리로 골라서 씹어 봤다. 처음 맛보는 향이 입안에 퍼졌다. 낯설긴 하지만 싫은 맛은 아니었다.

"괜찮나 보다. 그럼 같이 비벼 봐. 한꺼번에 다 비비지 말고 조금씩. 원래는 면을 소스에 찍어 먹는데, 애들은 비벼 먹더라."

나는 가게에 붙은 차림표를 그제야 훑어봤다. 떡볶이, 즉석 떡볶이, 어묵(1인분 4개), 간장 비빔국수(돼지고기 쌀국수), 튀김. 다른 분식집에 있는 김밥이나 쫄면이 없었다. 나는 소명이를 따라 조금씩 고수를 넣으며 국수를 비볐다. 간장 소스가 새콤달콤하면서 재미있는 맛을 냈다. 점점 더 고수를 많이 넣어서 그릇을 비웠다. 선배들이 이 맛을 못 잊고 찾아올 만도 했다.

"김밥은 안 하세요?"

"아줌마 혼자 김밥까지는 무리야."

"우리 엄마 김밥은 별로 맛있게 못 싸. 그래서 내가 하지 말라 그랬어."

소명이 말에 아주머니가 웃었다. 나는 아이들이 정문 바로 앞에 있는 분식집에 대해 하던 얘기들을 떠올렸다. 베트남에서 시집 온 아줌마인데 한국말 되게 잘해. 아저씨는 안 계신대. 거기 튀김에 나오는 스프링롤 맛있어. 소명이는 축구부 활동이 끝나면 꼭 가게로 와서 엄마와 함께 집으로 간다고 했다.

"근데 축구 하면 성적 그렇게 안 중요하지 않아?"

"공부 못해서 운동한다는 소리는 안 들어야지."

소명이가 진지한 표정으로 말했다.

"우리 소명이가 축구 말고는 재미있게 하는 걸 못 봤는데, 작년 학예제 때부터 계속 성주 너 이야기 했었어. 애들 다 엉망으로 하는데 혼자 진지한 애가 있었다고. 너무 멋졌다고. 그러더니 갑자기 학원 보내 달라고도 하고. 아줌마가 얼마나 기쁜지 몰라."

얼굴이 화끈 달아올라서 소명이를 봤더니, 소명이의 가무잡잡한 얼굴이 나보다 더 붉어져 있었다.

"소명이가 어릴 때부터 축구를 잘하진 않았거든. 아빠 따라 조기 축구 다니고 그러면서 엄청 열심히 연습해서 잘하게 된 거야. 아빠가 축구를 좋아하셨거든. 지금 소명이 뛰는 모습 보시면 정말 기뻐하셨을 텐데……."

나는 어쩐지 소명이가 학예제에서 날 보고 관심을 갖게 된 이유를 알 것만 같았다. 소명이도 축구를 그만큼 열심히 해 온 거다. 그래서 알아보는 거야. 어떻게든 최선을 다하려고 애쓰는 얼굴을. 시합에서 내 눈에 채소명밖에 보이지 않았던 건 소명이가 축구를 제일 잘하는 선수여서가 아니라, 한순간 한순간 최선을 다했기 때문이다. 열심히 해 온 사람은 알 수 있다. 그 순간에 온 힘을 다하는 사람의 얼굴을, 모를 수가 없다.

"제가 소명이 수학 열심히 가르쳐 줄게요. 그 대신 소명아, 네가 나 체육 수행 평가 좀 가르쳐 줘. 줄넘기랑 농구 자유투 둘 다 전혀 못 하거든. 그냥 뛰는 건 그래도 100번은 넘게 뛸 수 있는데 2단 뛰기는 한 번도 성공 못 해 봤어."

"성주가 소명이 가르쳐 주고, 소명이가 성주 가르쳐 주고, 정말 좋네."

아주머니가 웃었다. 소명이와 참 닮은 얼굴이었다. 소명이도 똑같이 웃었다. 나는 두 사람이 그렇게 웃는 모습이 더없이 부러웠다.

언니는 갈수록 말이 없어졌다. 남들 사춘기라는 중2 때도 즐겁게 이야기하던 언니였는데, 고등학교 1학년 2학기, 작년 가을부터 눈에 띄게 말수가 적어졌다. 아빠 동료들이 구조 조정으로 회사를 떠나기 시작했고, 아빠도 진급하지 못하면 그만둬야 할지 모른다고 밤늦게 안방에서 엄마 아빠의 목소리가 높아지는 날이 많아질 무렵이었다.

"민주 의대 보내면, 그 뒷바라지 다 어떻게 할 건데. 형주 대학은 무슨 돈으로 보낼 거야?"

"당신은 전교 1등 하는 딸내미라고 자랑할 땐 언제고 말을 그렇게 해?"

"그 전교 1등 하는 딸내미니까 교대 보내라고. 졸업해서 선생 하면 동생 학비는 델 거 아니야! 장녀가 그것도 못 해?"

대화는 외울 수 있을 만큼 되풀이됐다. 권형주는 엄마 아빠 싸움을 말리지 않았다. 나는 말리지 못했다. 엄마 아빠의 이야기 속에 나는 없었다. 언니가 대학을 다니는 동안 대학에 가야 하는 내 이야기는. 엄마 아빠가 걱정하는 건 언니보다 네 살 아래인 권형주였다. 언니는 아무 말도 하지 않았다. 그리고 문과를 선택했다. 언니는 여전히 항연고의 톱을 지켰지만, 가끔 자면서 가위에 눌렸다. 나는 2층 침대 위에서 언니가 우는 소리에 깼지만 깨지 않은 척 그대로 있었다. 언니는 더 이상 엄마 아빠에게 무엇도 바라지 않았다.

언니가 교대에 가면, 나는 어떻게 해야 할까. 나는 대학에 갈 수 있을까. 초등학생 때부터 의사 아니면 약사가 되고 싶다던 언니가 갑자기 문과에 가서 선생님이 되려고 한다. 나는 뭘 해야 할까. 내가 뭔가 하려고 하면, 엄마 아빠가 아무 말도 하지 않을까. 나도 언니처럼 엄마 아빠가 정하는 길로 가야 하는 걸까. 그런데 엄마 아빠는, 내가 어떤 길로 가야 할지 생각해본 적이 있을까.

학원이 끝나면 나는 자습실에서 소명이에게 수학 문제를 가르쳤다. 학교 수업이 끝나면 소명이는 체육관에서 나에게 줄넘기를 가르쳤다. 줄넘기를 쥐는 법, 돌리는 속도, 발을 드는 요령을 차근차근 알려 주는 소명이는 내 수학 문제 풀이를 들을 때만큼 진지했다. 소명이는 차츰 수학 문제를 풀 수 있게 됐고, 나는 2단 뛰기를 아주 가끔이지만 성공하게 됐다. 내가 문제를 푸는 도중에 소명이는 종종 내 샤프를 가져가서 뒷부분을 이어 풀기도 했다. 가끔 고개를 갸웃할 때도 있었지만 점점 문제를 잘 풀게 되는 모습이 흐뭇했다. 내가 2단 뛰기를 성공할 때마다 소명이도 그런 기분을 느끼지 않았을까. 그랬으면 좋겠다고 생각했다.

기말고사 마지막 날, 학교에서 이틀 남은 자유투 수행 평가 연습을 하는데 소명이가 가방에서 주섬주섬 뭔가 꺼내서 나에게 건넸다. 가늘고 긴 종이 포장지를 뜯어 보니 소명이가 쓰는 것과 똑같은 연두색 샤프였다.

"수학 가르쳐 줘서 고맙다고 엄마가 준 선물. 고르긴 내가 골랐어."

"너도 나 가르쳐 줬는데……."

"넌 안 줘도 돼. 엄마가 주고 싶어 한 거니까. 너 샤프 이상한데 계속 쓰길래 다른 샤프 없는 거 같아서."

"내 샤프가 이상해?"

내 말에 소명이가 어이없다는 표정으로 날 봤다.

"네 거 흔들리잖아. 글씨 쓸 때마다 조금씩 흔들리는데. 아니, 삐걱댄다고 해야 되나? 어쨌든. 샤프심 위아래로 흔들리는 거, 고장 난 거 아냐?"

소명이의 말에 나는 가방에서 연습장과 필통을 꺼냈다. 언니가 준 샤프를 차분히 써 봤다. 어라. 그리고 소명이가 준 샤프로 똑같은 글씨를 썼다. 아, 이거다. 내가 이제까지 이 샤프가 이상하다고 느꼈던 이유. 소명이가 말해 줄 때까지 나는 눈치채지 못했지만 샤프심이 아주 살짝, 위아래로 흔들렸다. 부러지지 않는 샤프라더니 흔들리는 게 안 부러지는 방법이었나 보다. 신경 쓰지 않으면 느낄 수 없지만 나는 몇 년간 이상하다고 생각했던 것. 샤프라는 건 원래 다 그런 줄 알았는데 소명이가 준 건 그렇지 않았다. 연두색 그러데이션 무늬 샤프.

"너 녹색 좋아하는 거 같아서. 앞으로 안 흔들리는 거 써. 불편하잖아."

소명이의 말에 나는 활짝 웃어 보였다. 아무도 이상하다는 말을 안 믿어 줘서 나는 내가 이상한 줄 알았는데. 이야기한 적도 없는데 소명이가 내 마음을 알아줬다는 게 좋았다.

집에 돌아오니 언니가 먼저 와 있었다. 언니도 기밀고사 기간일 테니까.

"시험 잘 봤어?"

언니가 물었다. 나는 점수를 줄줄이 불러 줬다. 언니처럼 만점에 가깝다고는 할 수 없지만, 특별히 못한 과목도 없었다. 그리고 이번엔 체육 수행 평가도 안심이라고, 연습해 봤는데 잘할 수 있을 것 같다는 이야기를 덧붙였다.

"장하네, 권성주."

언니가 한 말에 조금 용기가 생겨서, 나는 언니에게 처음 털어놓았다.

"나, 사범대 갈 수 있을까?"

그 순간 언니 얼굴이 확 찌푸려졌다. 내가 바라기엔 너무 높은 곳이라는 뜻일까.

"아빠가 사대 가래? 나 하나로 모자라서 너도 빨리 취직되는 데로 가래?"

나는 놀라서 손사래를 쳤다.

"아니, 아니야. 아빠 아무 말도 안 했어. 내가 생각한 거야.

채소명이라는 애가 농구랑 2단 줄넘기 가르쳐 줬거든. 나도 개
한테 수학 가르쳐 줬는데, 개가 재미있어 하고 나도 좋아서. 그
래서 선생님 하면 좋겠다고…… 그런 생각이 들었어."

내 말에 언니 얼굴이 살며시 풀렸다.

"채소명? 축구 한다는 애 말이지? 개랑 친해?"

"개가 내 샤프 조금씩 떨린다고, 자기가 쓰는 거랑 똑같은
샤프도 오늘 선물해 줬어. 내가 수학 가르쳐 줘서 고맙다고 소
명이네 엄마가 사 줬대. 아빠는 나한테 그런 말 할 만큼 관심
없어."

언니가 날 봤다. 엄마의 세상에서 제일 잘난 딸 권민주가 날
보고 조금 웃었다.

"너는 흔들리지 않는 애니까, 너한테는 부러지지 않는 샤프
보단 흔들리지 않는 샤프가 어울린다. 그래."

언니의 말이 무슨 뜻인지 알 수 없었다. 내가 흔들리지 않는
다고? 나는 권민주와 권형주 사이, 1남 1녀를 원했던 엄마가
미리 알았으면 태어나지 않았을 덤 같은 앤데. 권민주의 동생,
권형주의 누나일 뿐인 평범한 앤데. 세상에서 제일 잘난 딸인
권민주가 날 보고 흔들리지 않는 애라고 말했다.

"넌 네가 하고 싶은 거 해. 권형주는 모르겠고, 너는 내가 대
학 보내 줄 테니까. 엄마 아빠 눈치 보지 말고, 알았지?"

나는 고개를 저었다. 나는 흔들리지 않는 사람이니까. 권민
주의 동생이지만 권민주의 도움으로 살지 않을 거니까.

"안 챙겨 줘도 돼, 언니. 나, 잘할게."

마음속에 쏟아지는 수많은 말들을 다 입 밖으로 내지는 못했다. 내가 더 잘난 사람이라서 언니가 원하는 대로 할 수 있게 도울 수 있다면 얼마나 좋을까. 동생이 없는 외동이었다면 언니는 지금도 웃으면서 의사가 나오는 드라마 이야기를 할 수 있었을지도 모르는데. 내가 언니고 언니가 동생이있으면 나는 잘난 우리 동생 권민주 내가 대학 보내 준다고 자신 있게 말할 수 있었을까. 많은 생각이 내 안에서 넘쳐흘렀지만 나는 언니에게 그 무엇도 말할 수 없었다. 다만 내가 잘할 테니까 언니는 나 때문에 힘들지 말라고, 그 마음만은 전하고 싶었다. 언젠가, 나는 중학교 선생님이 되고 언니는 초등학교 선생님이 되어서 비슷한 길을 걷는 사이로 서로 힘든 이야기를 나눌 수 있을까. 그럼 언니가 꿈을 접고 다른 길을 가게 된 것을 더는 미안해하지 않아도 될까. 그때는, 내가 흔들리지도 부러지지도 않는 단단한 사람으로 언니 곁을 지킬 수 있을까. 그 순간에 나는 채소명의 얼굴을 떠올렸다. 채소명이 무대 위에서 최선을 다하는 나를 알아봤던 것처럼, 나도 그런 사람이 되면 좋겠다고 생각했다. 언니에게도, 채소명에게도.

문구를 좋아하는 여러분께

어렸을 때부터 문방구를 좋아했습니다. 장소로서 문방구, 물건으로서 문방구 모두 말이죠. 다른 사람이 정리한 노트를 보는 것도 좋아했어요. 어떤 식으로 정리하면 더 알아보기 쉬운지, 어떤 펜, 어떤 색의 조합이 보기 좋은지를 생각했습니다. 중학생 때부터 펜에 까다로워졌습니다. 볼펜보다 수성 펜으로 쓴 글씨가 주는 느낌이 좋았습니다. 볼펜으로 쓴 글씨는 반짝여서 좋아하지 않았어요. 고등학생 때는 4색 수성 펜과 형광펜이 필통에 자리 잡았습니다. 펜마다 글씨가 조금씩 다르게 써진다는 걸 알았고, 마음에 드는 글씨로 쓰이는 펜을, 노트를 좋아했습니다. 달그락 소리를 내지 않으면서도 펜을 찾기 편한 필통을 좋아했고, 대학생이 되고 나서는 복사한 자료를 말끔히 철해 주는 스테이플러와 클립과 집게와 바인더를, 내 손에 맞는 물건을 찾아다녔습니다. 그 마음이 점점 깊어지면서 때

212

로는 참 유난스럽다는 말을 들었습니다. 요즘 세상에 만년필로 초고를 쓴다는 말에, 마음에 드는 펜이 더는 안 나오게 될까 걱정하며 리필 심을 사 둔다는 말에, 우연히 산 연필의 느낌이 너무 좋아서 선물하고 싶다는 말에, 그 마음을 이해할 수 없다는 이야기를 들었습니다.

어쩌면 그 마음은 제가 글을 쓰는 마음과도 닮은 것 같습니다. 유난스럽다는 말에 어울리는 마음입니다. 저는 많이 읽고 적게 쓰는 사람이에요. 손끝에 머물렀던 글을 모두 모으면 적게 쓰지는 않았을 테지만, 도중에 이건 아니라고 덮어 버려 결말까지 이르는 글이 적고, 그중에 또 누군가가 읽을 수 있게 된 글이 적은 까닭입니다. 마음에 드는 단 하나의 문구를 고르는 마음으로 글을 쓰고 다듬습니다.

문구를 좋아하는 사람을 만났을 때 느꼈던 기쁨을 생각해 봅니다. 다들 별나다고 하는 마음에 공감해 주는 사람을 만나는 반가움을 이 책의 독자들이 느끼신다면 그보다 행복한 일이 있을까요. 문구를 통해 소중한 마음을 확인하는 아홉 편의 이야기를 내놓으면서 제가 바라는 것은 그 한 가지입니다.

문구를 사랑하시나요? 저도 그렇습니다. 우리는, 같은 것을 사랑하는 사람들입니다.

새 문구를 고르기 좋은 계절에
구한나리

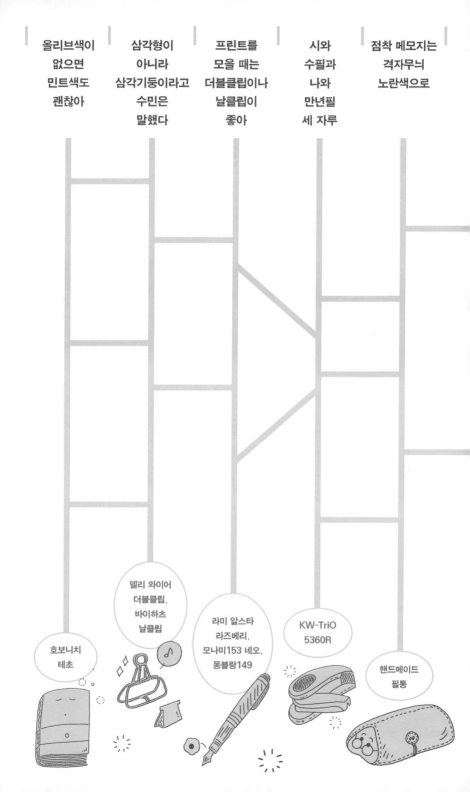

가을
정원의
다이어리

중요한
노트는
반드시
복사를
해 둘 것

스테이플러가
있으면
무섭지
않아

흔들리는
것보다는
부러지는 게
낫다

문화 30공
바인더 노트,
모닝글로리
제본 노트
1000

모리스
스타플로
3C

3M 포스트잇
657R,
스티키 노트 반투명
CL5176W

모리스 아티카
제도 샤프,
유니 쿠루토가,
제브라 델가드